AM PIANO

JEAN ECHENOZ

AM PIANO

ROMAN

Aus dem Französischen
von
Hinrich Schmidt-Henkel

BERLIN VERLAG

Die Originalausgabe erschien 2003 unter dem Titel
Au piano
bei Les Éditions de Minuit, Paris

Umschlaggestaltung:
Nina Rothfos und Patrick Gabler, Hamburg
Typografie: Renate Stefan, Berlin
Gesetzt aus der Berling
durch Offizin Götz Gorissen
Druck & Bindung: Ebner & Spiegel, Ulm
Printed in Germany 2004
ISBN 3-8270-0532-9

I

1

Zwei Männer tauchen hinten am Boulevard de Courcelles auf, von der Rue de Rome her.

Der eine, von etwas mehr als durchschnittlicher Größe, redet nicht. Unter einem weiten, hellen, bis zum Hals zugeknöpften Regenmantel trägt er einen schwarzen Anzug und eine schwarze Fliege, und kleine, mit Quarz und Onyx eingelegte Manschettenknöpfe setzen Punkte auf seine makellosen Handgelenke. Kurz, er ist sehr gut gekleidet, aber sein bleiches Gesicht und die starr auf nichts Besonderes gerichteten Augen deuten auf eine eher sorgenvolle Gemütsverfassung hin. Sein weißes Haar ist nach hinten gekämmt. Er hat Angst. In zweiundzwanzig Tagen wird er eines gewaltsamen Todes sterben, doch da er das nicht weiß, hat er nicht davor Angst.

Der andere, sein Begleiter, ist von ganz und gar entgegengesetzter Erscheinung: jünger, deutlich weniger groß, schmächtig, verplaudert und allzu sehr lächelnd, trägt er ein braun-beige klein kariertes Hütchen, eine Hose mit verschossenen Flecken, einen aus der Form gegangenen Pullover mit nichts darunter, an den Füßen hat er Mokassins, von Feuchtigkeitsflecken marmoriert.

Hübsch, dein Hut, bemerkt irgendwann der sehr gut gekleidete Mann, kurz bevor sie das Gitter um den Parc Monceau erreichen. Es sind seine ersten Wörter seit einer Stunde. Finden Sie, erkundigt sich besorgt der andere. Praktisch ist er schon, auf jeden Fall, aber ästhetisch gesehen weiß ich nicht ganz, was ich von ihm halten soll. Ist mir so zugefallen, ja, selber gekauft hätte ich so was nicht. Nein, nein, sagt der Elegante, er ist gut. Mein Stiefsohn hat ihn im Zug gefunden, erläutert der andere, jemand hatte ihn liegen lassen. Aber er war ihm zu klein, wissen Sie, mein Stiefsohn hat einen riesigen Schädel, einen riesigen IQ hat er übrigens auch. Mir passt er wie angegossen, und ich bin auch nicht so klug, womit ich nicht sagen will, dass ich weniger klug wäre als sonst wer. Ach ja, sollen wir eine kleine Runde im Park drehen?

Zu beiden Seiten der Rotunde, in der sich die Parkwächter aufhalten, standen die beiden monumentalen, mit goldenen Verzierungen überladenen Portale offen. Die beiden Männer schritten hindurch, betraten den Park, der jüngere schien einen Augenblick zu zögern, welche Richtung sie einschlagen sollten. Er bemäntelte seine Unsicherheit durch fortwährendes Reden, als wäre er nur da, um den anderen abzulenken und möglichst dafür zu sorgen, dass dieser seine Angst vergaß. Und das war tatsächlich seine Aufgabe, doch obwohl er sie gewissenhaft zu erfüllen trachtete, schien ihm das nicht immer so ganz zu gelingen. Bis sie den Park erreichten, hatte er bereits diverse Themen aus Politik, Kultur und Geschlechtsleben erörtert, ohne dass sein Monolog den geringsten Wortwechsel bewirkt oder das Ganze gar zu einem Gespräch geführt hätte. Seit Betreten des Parks spähte er misstrauisch in die Runde, über nordamerikanische Tulpenbäume und japanische Mispeln hinweg: Wasserfall, Felsen, Rasenflächen. Der andere schien nirgends sonst hinzuschauen als in das schreckensgeplagte Innere seines Selbst.

Der andere, der Max Delmarc hieß, war rund fünfzig Jahre alt. Obgleich sein Einkommen durchaus akzeptabel war, obgleich er bei einer knappen Million Menschen als berühmt galt und seit zwanzig Jahren jederlei psychologische und chemische Behandlung durchgemacht hatte, verfolgte ihn eine tödliche Angst, und wenn dieses Gefühl ihn so ausfüllte, pflegte er ganz und gar zu schweigen. Doch da, er machte den Mund auf. Bernie, ich habe Durst, sagte Max, ich glaube, ich hab ein bisschen Durst, wenn wir bei dir vorbeigingen? Bernie betrachtete ihn ernst. Ich glaube, besser nicht, Monsieur Max, sagte er, das wäre Monsieur Parisy sicher nicht so recht. Außerdem, Sie wissen doch noch, letztes Mal. Ach komm, drängte Max, du wohnst gleich um die Ecke, nur auf ein Gläschen. Nein, sagte Bernie, nein, aber wenn Sie wollen, kann ich Monsieur Parisy anrufen. Dann fragen wir ihn. Gut, lenkte Max ein, vergiss es.

Doch da er zu seiner Linken gerade eine Bude entdeckt hatte, in der Waffeln, kalte Getränke und Sprungseile verkauft wurden, ging er schnurstracks auf diese

Handelsstätte zu. Bernie, der ihn verfolgt und überholt hatte und noch vor ihm bei der neben der Kasse aushängenden Karte mit dem Getränkeangebot angekommen war, studierte diese Karte rasch, bevor Max ihn einholte – nichts Alkoholisches, keine Gefahr. Einen Kaffee, Monsieur Max? Nein, antwortete Max, von der Lektüre der Karte enttäuscht, es geht schon. Sie gingen weiter. Sie kamen an einer Maupassant-Büste vorbei, die auf einem Sockel über einem Mädchen aufragte, dann, auf der anderen Seite der Grünfläche, an einem Standbild von Ambroise Thomas, auch flankiert von einem Mädchen, und wieder weiter östlich thronte Edouard Pailleron über noch einem in Bewunderung zu seinen Füßen erstarrten Steinmädchen. Offenbar hatten die Denkmäler bedeutender Männer in diesem Park Angst vor Einsamkeit, jeder hatte eine junge Frau zu Füßen. Und es wurde immer besser, gleich hinter dem Wasserfall benötigte Charles Gounod nicht weniger als drei Gesellschafterinnen, eine davon hatte beide Arme verloren. Aber Bernie vermied es lieber, an dem Denkmal dieses Komponisten vorbeizugehen. Schlimmer noch, ein Stück weiter erblickte Bernie neben dem Kinderspielplatz das Standbild Frédéric Chopins: Verflucht, Chopin, dachte Bernie, Chopin. Bloß nicht Chopin. Überstürzt schlug er eine andere Richtung ein, zwang Max zu einer Kehrtwendung und lenkte ihn ab, indem er die Vielfalt, Üppigkeit und Farbenpracht der Vegetation um sie herum pries und besonders das ehrwürdige Alter des Bergahorns sowie den Kronendurchmesser der orientalischen Platane hervorhob. Schauen

Sie bloß, Monsieur Max, wie schön das alles ist, begeisterte er sich. Die Welt ist schön. Die Welt ist schön, finden Sie nicht? Ohne den Schritt zu verlangsamen noch ihm zu antworten, tat Max so, als würfe er einen Blick auf die Welt, und zuckte leicht mit den Schultern. Gut, sagte Bernie kleinlaut, okay. Aber sie ist hervorragend beleuchtet, das müssen Sie zugeben.

Nachdem Bernie Max in die letzten Winkel des Parks geschleift hatte, ausgenommen den Chopin-Bereich, nachdem er versucht hatte, in ihm Bewunderung für das große ovale Wasserbecken mit der Säulenreihe, die Pyramide und deren Pyramidenspitze zu wecken, nachdem er dann diskret auf die Uhr geschaut hatte, lenkte er den Rundgang auf einen Ausgang zu, den sie über die Allée de la Comtesse-de-Ségur erreichten, an der Alfred de Musset saß. Kein Problem mit Musset, außer dass wieder dem jungen Persönchen, das sich über ihn neigte und Alfred die linke Hand auf die linke Schulter legte, der rechte Arm fehlte.

Neunzehn Uhr fünfunddreißig, der Frühling ging allmählich zu Ende, aber die Sonne schien immer noch. Kurz vor deren Untergang verließen die beiden Männer den Park westwärts über die Avenue Van-Dyck. Seit seinem Versuch, etwas zu trinken zu bekommen, hatte Max die Zähne nicht mehr auseinander gebracht, während Bernie ihn in fleißiger Erfüllung seiner Rolle unter unaufhörlichem Redeschwall bewachte. Max hatte ihn nur einmal unauffällig für ein, zwei Minütchen weitergehen lassen, um sich hinter einer Ungarischen Eiche vor Angst zu übergeben. Da er sich aber seit Beginn des

Nachmittags schon zweimal übergeben hatte, brachte er unter allerlei extrem schmerzhaften Zuckungen nur noch Galle heraus. Nachdem sie nun aus dem Park hinaus waren, gingen sie eine Querstraße der Avenue Hoche hinauf, bogen in die erste Straße rechts ein – an deren Ecke sich eine Kneipe befand: Max machte noch einmal den Versuch, Bernie dorthin einzuladen, Bernie lehnte schweigend ab – dann nur noch wenige Meter, und da war's, Nummer 252. Sie waren am Ziel.

Sie traten ein. Treppen, Korridore, Durchgänge, Türen, die sie öffneten und schlossen, bis sie in einen ausgedehnten dunklen Raum voller Seile, Seilzüge, großer, offener Kisten und verschobener Möbel gelangten. In der Luft trieb ein Lärm wie von einer Brandung oder einer Menschenmenge. Inzwischen war es exakt zwanzig Uhr dreißig, Max hatte eben den Mantel abgelegt und rechnete absolut nicht damit, dass Bernie ihn jetzt unvermittelt in den Rücken stieß und so auf die andere Seite eines Vorhangs beförderte, wo die Brandung augenblicklich zu stürmischem Tosen anschwoll, und da war es: das Klavier.

Da war er, der Schrecken erregende Steinway mit seiner breiten weißen Tastatur, bereit, dich zu verschlingen, dieses monsterartige künstliche Gebiss, das dich gleich mit all seinem elfenbeinernen Zahnschmelz zermalmt, er wartet nur auf dich, um dich in Stücke zu reißen. Fast wäre Max unter Bernies Stoß gestolpert, aber er fing sich eben noch rechtzeitig, ertrank schier in dem prasselnden Applaus des voll besetzten Saales, der ihn mit stehenden Ovationen begrüßte, und ging taumelnd und nach Luft ringend auf die zweiundfünfzig Zähne zu. Er setzte sich daran, der Dirigent hob den Stab, augenblicklich herrschte Stille, und da, es geht los, ich halte das nicht mehr aus. Was soll das für ein Leben sein. Obwohl, jetzt mal nicht übertreiben, ich hätte in Manila zur Welt kommen und als Verkäufer von Zigaretten stückweise enden können, als Schuhputzer in Bogotá, als Tellerwäscher in Decazeville. Allez, jetzt sind wir schon mal hier, also: erster Satz, *maestoso,* des Konzerts Nr. 2 in f-moll von Frédéric Chopin.

2

Vom Saal aus gesehen, auch vom ersten Rang aus, würde kein Mensch denken, dass das so schwierig ist. Es wirkt, als liefe es wie von selbst.

Und in der Tat, für Max läuft es bald ganz von selbst. Schon als das Orchester beginnt, die lange Einleitung herunterzuspulen, beruhigt er sich ein wenig. Und dann, sobald er an der Reihe ist, sobald er eingestiegen ist, geht alles noch besser. Nach ein paar Takten schließt seine Angst die Augen, und jetzt liegt sie im Tiefschlaf, gleich nach der ersten falschen Note, einer passenden falschen Note, die in einer schnellen Passage in der Masse der Töne untergeht und nicht weiter auffällt. Sobald das vorbei ist, fühlt Max sich befreit. Jetzt hat er die Situation in der Hand, es ist der reinste Spaziergang, er ist in seinem Element. Jeder Halbton spricht zu ihm, jede Achtelpause stimmt, die Akkordreihen treffen wie tanzende Vögel, am liebsten wäre ihm, das würde nie mehr aufhören, aber da, Ende des ersten Satzes. Kurze Pause. Alle lassen ihr nervöses Hüsteln los und warten auf den zweiten, man räuspert sich, befördert

Schleim aus seinen verdreckten Bronchien, ein jeder reinigt seine Luftröhre, so gut er kann, und weiter geht's, zweiter Satz, *larghetto*: langsam, meditativ, extrem durchhörbar, bloß kein Fehler jetzt, Max macht keinen einzigen Fehler, alles flutscht wie geschmiert. Noch ein bisschen Gehüstel, dann kommt der dritte Satz, ein elegantes *allegro vivace*, pass mal auf, wie ich dir das jetzt hinlege, autsch, noch eine falsche Note, kurz vor Takt 200, immer an derselben Stelle im Finale greife ich daneben, aber auch da geht es im Schwung unter, wieder hat keiner was bemerkt, gleich sind wir am Ziel, wir sind fast am Ziel, noch vier Interpunktionen durch das Orchester, zwei Schlussakkorde, und bitte, das wär erledigt, Bravo, Verbeugung, Vorhang, Bravo, nicht nochmal raus, Ende der Vorstellung.

Mit vor Erschöpfung kribbelnden Gliedern, aber ohne jede Erinnerung an seine Angst, ging Max hoch in die Garderobe, die vor Blumensträußen nur so überquoll. Was sollen die Blumen hier, zeterte er, du weißt genau, dass ich das nicht abkann, schaff mir das Zeugs vom Hals. Ja, ja, sagte Bernie, raffte eilfertig die Sträuße zusammen und verzog sich, überladen wie ein Sarg, während Max auf seinen Stuhl fiel, vor einer unordentlichen Ablage, darüber ein Spiegel, und auf dessen Grund, im Schatten, trocknete Parisy sich mit einem zusammengeknüllten Kleenex den Hals ab. Ach, sagte Max, ohne sich umzudrehen, er wollte sich gerade das Hemd aufknöpfen, Sie sind es. Das war hervorragend, lächelte der Impresario. Ich weiß, sagte Max, ich glaube schon. Aber ich hab nicht mehr so richtig Lust, das

Ding zu spielen, ich kenne es zu gut. Und der Orchesterpart ist doch ziemlich dünn, man merkt zu deutlich, dass das Chopins schwache Seite war. Außerdem habe ich Orchester im Allgemeinen irgendwie über. Und als er den obersten Knopf seines Hemdes aufmachte, sprang der ab und verkroch sich in dem Durcheinander auf der Ablage. Egal, sagte Parisy und kam näher, bis zum Sommer haben Sie nur noch Soloabende. Sie wissen ja. Berlin.

Noch immer drehte Max sich nicht um, er suchte den fahnenflüchtigen Knopf und sah dabei Parisys massige, kahlköpfige Gestalt im Spiegel anwachsen, die Physis eines zähen Marshmallows mit dicken Brillengläsern, kariertem Anzug, chronischer Transpiration und dem Timbre eines lyrischen Tenors. Wohin geht's nochmal, fragte Max. Da wäre erst mal Nantes jetzt Ende der Woche, säuselte Parisy, am 19. der Soloabend in der Salle Gaveau, und dann nichts mehr bis zu dieser Fernsehsache. Außerdem haben die Japaner wieder angerufen, sie wollen wissen, wann Sie mit den Aufnahmen weitermachen könnten, das Chausson-Gesamtwerk, sie brauchen die Info, damit sie bei Cerumen das Studio reservieren können. Ich brauche noch Zeit, sagte Max, ich bin noch nicht so weit. Also, na ja, sie wollen es möglichst schnell wissen, für ihre Planung. Ich brauche noch Zeit, wiederholte Max, ich habe Durst. Wo steckt der Kleine?

Er war zurück, ohne die Blumen, und stand in Erwartung neuer Aufträge neben der Tür. Jetzt könnte ich ein Gläschen vertragen, Bernie, tat Max kund, immer noch ohne sich umzudrehen, endlich hatte er den abtrünnigen Knopf zwischen zwei leeren Vasen in die Enge getrieben. Bernie öffnete einen Schrank, entnahm ihm ein Glas und eine Flasche und stellte dies Material auf einem Tablett vor Max hin, nachdem er die Ablage etwas freigeräumt hatte. Bin gleich wieder da, sagte Bernie, ich gehe schell zu Janine, Eiswürfel holen. Ohne darauf zu warten, füllte Max sein Glas zu vier Fünfteln, unter den missbilligenden Blicken des Impresarios, der immer noch in Großaufnahme den Spiegel ausfüllte. Nerven Sie mich jetzt nicht, bitte, Parisy, wir haben vereinbart, dass ich nach den Konzerten darf. Vorher nicht, soll mir recht sein, aber hinterher darf ich. Das ist es gar nicht, detaillierte Parisy, Sie haben nur überhaupt keinen Platz mehr für die Eiswürfel. Stimmt, sagte Max und leerte das Glas auf einen Zug zur Hälfte. So, jetzt ist Platz. Parisy schüttelte den Kopf, suchte in seiner Tasche ein frisches Kleenex und zog eine Grimasse, als er feststellte, dass es das letzte war. Er zerknüllte die Verpackung und beförderte sie in den Papierkorb, als Bernie wieder auftauchte, in der Hand einen gelb-weißen Iso-Eiswürfeleimer. Danke, Bernie, nein, nein, ich brauche keine Zange. Im Gegenteil. Max kippte zwei Eiswürfel in sein Glas und spazierte mit einem dritten über seine Stirn, seine Schläfen, seinen Hals, woraufhin er, immer noch zu Parisy im Spiegel gewandt, sagte: Was würde ich ohne Bernie nur anfangen. Gut, gut, pflichtete der Impresario ihm ausweichend bei. Apropos, meldete sich Bernie schüchtern zu Wort. Was, sagte Parisy. Na ja, sagte Bernie. Ich sehe mich gezwungen, Sie zu bitten, natürlich nur, wenn es möglich wäre, mir eine kleine Erhöhung zu geben. Kommt überhaupt nicht in Frage, so Parisy unbeugsam. Aber ich habe Ausgaben, argumentierte Bernie, zum Beispiel mein Stiefsohn, der ist äußerst intelligent, er studiert, ich muss ihn unterstützen. Er hat einen beachtlichen IQ, wissen Sie, ich muss ihn auf einer Eliteuniversität unterbringen, diese privaten Institute sind wahnsinnig teuer. Quark, urteilte Parisy.

Und denken Sie daran, machte Bernie geltend, meine Rolle ist nicht unheikel. Monsieur Max unter allen Umständen zur Seite stehen, seine Ernährungsweise überwachen (Max lächelte bei diesem Wort), ihm Mut machen, wenn er sich nicht im Stande fühlt zu spielen, das alles ist eine Riesenverantwortung. Außerdem ist es gar nicht so leicht, ihn jeden Abend auf die Bühne zu schubsen, manchmal wehrt er sich. Monsieur Max ist Künstler, fasste Bernie zusammen, was wäre er ohne sein Publikum, begreifen Sie doch, wenn man so will, hängt alles von mir ab. Ich glaub, ich träume, sagte Parisy. Entschuldigung, intervenierte Max, aber ich unterstütze die Forderung des Kleinen voll und ganz. Der Junge ist unentbehrlich für mich, ist er einmal weg, kann ich für nichts mehr garantieren. Parisy, tropfnass, wrang sein Kleenex aus, suchte ein neues, bis ihm einfiel, dass keins mehr da war, und benutzte seinen Ärmel, um sich die Stirn abzuwischen. Ich muss mir das durch den Kopf gehen lassen, sagte er, in Ordnung, wir reden später nochmal drüber. Warum nicht gleich jetzt?, fragte Bernie. Sehr richtig, bemerkte Max, wozu dieses Gespräch vertagen? Setzen wir uns, seufzte Parisy und beförderte aus seiner Tasche ein kleines längliches Gerät zu Tage, eine Mischung aus Handy und Elektrorasierer. Mit Vergnügen, sagte Bernie, während Max im Aufstehen sein Glas leerte. Gut, sagte er, ich lasse euch das miteinander klären. Als er seine Garderobe verließ, hatte Parisy gerade einen Knopf am Ende des länglichen Geräts gedrückt, das sich als kleiner batteriebetriebener, tragbarer Ventilator entpuppte; bis ans Ende des Flurs hörte Max sein leiser werdendes Sirren.

3

Als Max von dem Konzert in der Salle Pleyel nach Hause kam, tat Alice so, als ob nichts wäre, kein Wunder, sie schlief. Sie bewohnten im 18. Arrondissement nahe der Place du Château-Rouge zwei Etagen, geräumig genug, dass jeder der beiden in aller Ungestörtheit leben und arbeiten konnte, sie oben, er unten, sie brauchten sich tagsüber, wenn sie es nicht wollten, nicht mal zu begegnen.

Max zog leise die Eingangstür zu, bevor er sein Musikzimmer betrat: ein großer Flügel, ein kleiner Schreibtisch, ein winziger Kühlschrank, wie man sie aus Hotelzimmern kennt, Regalbretter voller Noten sowie ein Sofa. Hier verbrachte er die meiste Zeit, mit der oberen Etage via Haustelefon verbunden, dank Doppelverglasung vor dem Verkehrslärm geschützt. Alles war ordentlich schallgedämmt, Max konnte so viel Lärm machen, wie er wollte, ohne dass er riskierte, Alice zu wecken, und nachdem er dem Kühlschrank etwas zu trinken entnommen hatte, hob er den Tastaturdeckel an. Er stellte das Glas auf das Instrument und betrachtete das Manual. Es hätte sich angeboten, die beiden Fehlerstellen des Abends auszubügeln, die Passagen zu isolieren, sie auseinander zu nehmen wie kleine Uhren, zwei kleine Mechanismen, und sie wieder zusammenzusetzen, nachdem der Fehler behoben ist, damit das defekte Räderwerk nächstes Mal wieder schnurrt. Aber eigentlich habe ich von diesem Konzert wirklich genug. Und müde bin ich auch.

Da kann man genauso gut duschen, dann im Musikzimmer sein Glas holen und es ins Schlafzimmer mitnehmen. Als er im Bett lag, dachte Max dann doch wieder an die beiden Fehler, der eine am Anfang des ersten Satzes, der andere im zweiten Drittel des letzten. Das war nichts Schlimmes, keine schwerwiegenden falschen Noten. Bei einem Ton, sogar bei einem Akkord danebenzugreifen ist keine Tragödie, wenn das in einer großen Geste untergeht, dann schwimmt es im allgemeinen Sturzbach so mit, kein Mensch bemerkt das außer mir. Viel schlimmer wäre ein Fehlgriff im zweiten Satz gewesen, der ist weniger dicht, fragiler, entblößter, das hätte jeder gehört. Aber egal, denk nicht mehr daran. Denk lieber noch einen Moment an Rose, wie jeden Abend. Außerdem hast du jetzt genug getrunken, wer zwingt dich, dieses Glas auszutrinken. Es ist spät, mach das Licht aus. Gut. So, jetzt schlaf. Wie, es geht nicht? In Ordnung, einverstanden, nimm deine Tablette. Mit einem Glas Wasser. Ich habe gesagt: Wasser. So.

Nach zwanzig Minuten begann die Tablette zu wirken, und weitere zwanzig Minuten später wurde der

Schlaf paradox: Ein paar Sekunden lang durchzuckte ein idiotischer Traum Max' Geist, dessen Augen ebenso schnell unter den Lidern zuckten. Dann wachte er früher auf, als er gewünscht hätte, versuchte wieder einzuschlafen, doch vergebens: Er hielt die Augen geschlossen, wurde nicht wirklich wach, absurde Gedanken durchzogen ihn, windschiefe Überlegungen, witzlose Listen und endlose Berechnungen, dazwischen kurzes, aber zu kurzes Wiedereintauchen in den Schlaf.

Allez, aufgestanden jetzt, es ist schon nach zehn. Allez. Gut, okay, nicht sofort, aber nicht bis nach halb elf. Aber ja, du kannst an Rose denken, so viel du willst. Nicht sicher, ob dir das gut tut, aber bitte, deine Sache.

4

Das mit Rose ist eine Geschichte, die noch aufs Konservatorium zurückgeht, in Toulouse, vor rund dreißig Jahren. Rose, im letzten Jahr der Celloklasse, von übernatürlicher Schönheit, besitzt einen weißen Fiat, vielleicht etwas zu groß für sie, aus dem sie jeden Tag zu derselben Zeit vor demselben Straßencafé aussteigt, wo sie immer an demselben Tisch ausschließlich mit immer demselben bärtigen Kerl redet, dabei sieht der, kurz gesagt, gar nicht aus, als wäre er ihr Geliebter. Unglaublich, jeden Tag ist sie noch schöner, obwohl, der einzige Makel, den man anführen könnte, ist ihre Nase, die eine Spur zu stark gebogen ist, aber das ist doch umso besser: die Nase einer ägyptischen Kaiserin, einer spanischen Edlen oder eines Raubvogels – kurz, eine Nase! Max richtet es dieses ganze Jahr über so ein, dass auch er jeden Tag zu derselben Zeit an demselben Ort sitzt, wenn auch an einem anderen Tisch des Straßencafés, weder zu weit weg noch zu nah dran, von wo aus er Rose beobachtet, ohne dass er es wagen würde, sie anzusprechen – zu gut für mich zu gut für mich zu gut für mich, mein Gott, was haben die sich bloß die ganze Zeit zu erzählen.

Das einzige Mal, dass Max es riskierte, sich an einen Tisch in die Nähe der jungen Frau zu setzen, bat sie ihn um Feuer, was als Annäherungsversuch gelten mochte, aber das entspricht eben dermaßen dem Klischee eines Annäherungsversuchs, eine so was von abgedroschene Ermutigung, vollkommen unwürdig einer solchen übernatürlichen Schönheit, ja, es ist sogar eine Schande, eine solche Hypothese auch nur erwogen zu haben, vergiss das alles vergiss das alles. Max also hielt ihr sein Feuerzeug betont beiläufig hin, sorgsam auf gleichgültige Wirkung bedacht, der Zündfunken setzte nicht einmal ein Puderstäubchen in Brand, und dabei ließen sie's bewenden. Er beobachtet sie weiter, wenn sie woandershin schaut, ohne sich allzu sehr in ihr Gesichtsfeld zu begeben, und lässt sie nicht aus den Augen, so diskret, diskreter geht's nicht. Denkt er. Dann ist der Sommer da, Rose entfleucht in Richtung Ferien und Cello auf Lebenszeit, Max wandert durch das menschenleere Toulouse und geht auf ein Glas in ebendasselbe Straßencafé, das ebenfalls leer ist, wo nur wenige Gäste sitzen, vor allem Touristen, aber auch, schau an, jener ungesellige Bartträger, mit dem Max, mangels besserer Alternative, ein Gespräch beginnt.

Recht schnell landete die Konversation bei Rose, und Max erfuhr zu seinem maßlosen Erstaunen, dass er, Max, es war, über den Rose fortwährend mit dem Bärtigen geredet hatte, so beharrlich, dass dieser sie bisweilen hatte bitten müssen, mal eine andere Platte aufzulegen. Offenbar hatte Rose ebenso wenig gewagt, Max anzusprechen, wie Max Rose, nur ein einziges Mal hatte sie den Mut gehabt, ihn um Feuer zu bitten. Und schlimmer noch, diesem Informanten zufolge war Rose einzig und allein tagtäglich in dieses Straßencafé gekommen, weil sie hoffte, Max hier zu sehen, denn ihr war aufgefallen, dass er Stammgast war. Max saß auf diese Eröffnung hin starr da, gebannt, atemlos, erst nach einer Minute fiel ihm wieder ein, dass der Mensch atmen muss, wieder zu Atem kommen muss, zumal wenn ihn eine unbezwingbare Lust zu weinen anfällt. Aber wo ist sie jetzt, wo kann ich sie ausfindig machen, gibt es eine Adresse, unter der ich sie erreichen kann. Tja, leider nein, antwortete der andere, sie hat ihr Studium beendet, sie ist weg, für immer und Gott weiß wohin.

Seither verbringt Max einen Teil seines Lebens damit zu glauben, zu hoffen, zu erwarten, dass sie einander irgendwo zufällig begegnen. Kein Tag vergeht, ohne dass er nicht ein paar Sekunden, ein paar Minuten oder auch länger an sie dächte. Besonders vernünftig ist das natürlich nicht. Nach dreißig Jahren lebt Rose vielleicht am anderen Ende der Welt, schließlich hatte sie, dem Informanten zufolge, bereits eine Neigung zu so etwas an den Tag gelegt, vielleicht ist sie sowieso überhaupt tot, was das angeht, ist uns schließlich allen dieselbe Neigung gemein.

5

Nachdem er also um halb elf aufgestanden war, entdeckte Max als Erstes sein halb volles Glas neben dem Bett und ging es in die Spüle ausleeren, dann stand er nackt in der Küche und machte Kaffee.

Richtig anziehen würde er sich erst spät am Tage, bevor er in die Welt hinausging, um irgendwo zu spielen oder Leute zu treffen. Jetzt zog er erst mal weiche, praktische, ziemlich weite Sachen an, etwas wie einen Trainingsanzug, also ein altes Hemd aus knittrigem beigem Leinen und eine nicht mehr so ganz weiße Tuchhose, aber offenbar schienen sämtliche Knöpfe bei ihm einer nach dem anderen abgehen zu wollen, seine betagten Hemden bezeugten das. Derzeit geschah es zweioder dreimal pro Woche, für nichts und wieder nichts, wegen der Waschmaschine oder eines allzu energischen Waschens oder Bügelns der Zugehfrau, eines Muskelstreckens, einer jähen Bewegung oder unvorhergesehenen Sturzes, dass ein zermürbter Faden nachgab, der Knopf das Knopfloch verließ und wie ein welkes Blatt, eine überreife Frucht oder trockene Eichel von ihm abfiel und lange noch über den Boden hüpfte und kullerte.

Danach jeden Tag dasselbe: erst Kaffee, dann Klavier. Schon seit langem hält sich Max nicht mehr mit Etüden auf, bevor er ans eigentliche Üben geht, nur vor Konzerten macht er mit Tonleitern und Arpeggien ein wenig sanfte Gymnastik, um sich die Finger aufzuwärmen und sie geschmeidig zu machen. Er arbeitet sofort an den Stücken, die er in Kürze aufführen soll, er hat ein paar Tricks ersonnen, technische Kniffe und Umwege, mit denen er dieses oder jenes Hindernis bezwingt, und so geht es dann drei, vier Stunden am Stück. In einem Zustand fiebriger Erregung sitzt er an seiner Tastatur, mit einem Gemisch von Entmutigung und Angst, nach einiger Zeit überlagert dann die Angst die beiden anderen Regungen, und Max spürt, wie sie, zunächst mitten im Solarplexus beheimatet, sich allmählich in den umliegenden Gegenden ausbreitet, vor allem im Magen, immer bedrückender, krampfartiger und hoffnungsloser, bis diese Angst gegen dreizehn Uhr dreißig vollends vom Psychischen ins Somatische übergeht und sich als Hungergefühl manifestiert.

In der Küche suchte Max dann im Kühlschrank nach Lösungen, doch da Alice nicht eingekauft hatte, gab es darin nichts, das sich überzeugend anbot, diesen Hunger in Einsamkeit zu stillen. Was aber auch nicht weiter schlimm war, allein zu Hause zu sitzen und zu essen hebt auch nicht gerade die Laune, dann geht die Angst wieder auf den Appetit los, unterdrückt ihn womöglich, hindert einen daran zu essen, während der Hunger seinerseits immer größer wird, fürchterlich. Wie meist ging Max also zum Essen ins Viertel, dessen Völkermix jede Menge Restaurants aufbot, afrikanische, tunesische, laotische, libanesische, indische, portugiesische, balkanische oder chinesische. Vor kurzem hatte auch ein ganz ordentlicher Japaner aufgemacht, zwei Straßen weiter, also, auf zum Japaner, Max zog sich eine Jacke über und ging los. Er trat aus dem Haus, ging die Straße hinauf, und oben an der Kreuzung lief er ihr über den Weg. Nein, nicht Rose. Einer anderen.

Diese andere Frau, da brauchen wir uns nicht zu zügeln, war ebenfalls übernatürlich schön, nicht wie Rose, obwohl, vielleicht hatte sie doch was in der Art. Sie war Max schon vor langem aufgefallen, aber er kannte sie nicht, hatte noch nie mit ihr gesprochen, noch nie weder einen Blick oder gar ein Lächeln mit ihr getauscht. Obwohl sie ganz offensichtlich in Max' Viertel wohnte, vielleicht sogar in seiner Straße, vielleicht nur wenige Meter neben ihm, begegnete er ihr seit Jahren in unregelmäßigen Abständen, wer weiß, seit wie viel Jahren genau, so um die acht, zehn, zwölf oder auch mehr, er erinnerte sich nicht mehr, wann zum ersten Mal.

Sie war immer allein, es kam vor, dass Max sie zwei Mal in ein und derselben Woche sah, aber auch, dass das mehrere Monate am Stück nicht vorkam. Eine große, anrührende Frau, mit dunklem Haar und sanft und tragisch und tiefgründig, und wenn diese Adjektive, deren jedes vor allem auf ihren Blick und ihr Lächeln zutrafen, aufgebraucht waren, hätte Max die größten Schwierigkeiten gehabt, sie weiter zu beschreiben.

Doch dieser Blick, dies Lächeln – die eng aneinander gekoppelt waren, als hinge das eine vom anderen ab, und die zu Max' großem Bedauern nie ihm galten, sondern anderen, privilegierteren, ihm ebenfalls unbekannten Bewohnern des Viertels vorbehalten blieben – waren nicht die einzigen Charakteristika, die sein Interesse weckten. Dafür sorgte auch, mitten in diesem populären, lärmigen, grellbunten und insgesamt doch ziemlich ärmlichen, abgewrackten Stadtteil, die extreme Eleganz, die im Auftreten dieser Frau lag – Gang, gepflegte Ausstrahlung, ausgesuchte Kleidung –, etwas, das man sich eigentlich nur in schönen, stillen, wohlhabenden Vierteln vorstellen kann, und selbst da nicht unbedingt. Nicht zeitgemäß war nicht das passende Wort dafür, nicht ortsgemäß wäre es, aber dieses Wort existiert noch nicht, jedenfalls soweit Max wusste, für den dieses unerreichbare Wesen auch eine Variation des Rose-Themas darstellte, eine Wiederholung dieses Motivs. Als er jetzt ihren Weg kreuzte, bemühte sich Max, auch ihren Blick zu kreuzen, was ihm nur für den Bruchteil einer Sekunde gelang und ohne Anzeichen für irgendein Interesse an ihm zu erkennen, und zweihundert Meter weiter ist der Japaner. Sushi oder Sashimi.

Sashimi, zur Abwechslung. Dann ging er wieder nach Hause und setzte sich ans Klavier, keinerlei Grund, wieder rauszugehen. Zwei, drei Mal musste er ans Telefon, das normalerweise selten und, da Max so gut wie nie jemanden anrief, immer seltener läutete. Gegen sechs Uhr hörte er Alice heimkommen, unterbrach aber deswegen die Arbeit nicht: Den restlichen

Nachmittag sollte er an einigen Details der beiden Sätze von Janáčeks Sonate 1. X. 1905 verbringen, *Vorahnung* gefolgt von *Tod*, wonach er zu Alice hochgehen würde, die in der Küche werkelte. Ach, sagte er, Fisch. Ja, sagte Alice, warum? Nein, nichts, antwortete Max und deckte den Tisch, ich mag Fisch, wo bewahrst du das Fischbesteck auf? Dann aßen sie gemeinsam und erzählten sich dabei mehr oder weniger, was sie den Tag über gemacht hatten, saßen danach ein bisschen vorm Fernseher, in dem an jenem Abend *Der Agentenschreck* lief – ein Film, den Max schon einmal gesehen hatte und den er müde abschaltete, kurz nachdem Dean Martin Dorothy Malone Rücken und Schultern mit Sonnencreme eingerieben und ihr dazu *Innamorata* gesungen hatte. Dann gingen sie schlafen, jeder in sein Schlafzimmer.

6

Seit dem Konzert in der Salle Pleyel war inzwischen eine Woche vergangen, Max hatte also noch zwei Wochen zu leben, und wir fuhren rasch und frühmorgens mit dem TGV, der ihn nach Paris zurückbrachte, aus Nantes, wo er am Abend zuvor in der Opéra Graslin mit einem Fauré-Programm zu hören gewesen war. Wie üblich hatte das Entsetzen dieses Soloabends noch kaum Zeit gehabt, aus Max' Körper und Geist zu weichen, da begann schon neue Furcht ihn zu würgen angesichts der Aussicht, heute Abend wieder auftreten zu müssen, diesmal in der Salle Gaveau. Um diese Angst etwas zu verdünnen und um sich ein wenig die Zeit zu vertreiben, stand Max auf und ging Richtung Bar; das Rumpeln des Zugs gefährdete sein Gleichgewicht, er hangelte sich von Rückenlehne zu Rückenlehne.

Es war ein sehr kurzer Weg bis zur Bar, die zu dieser Tageszeit fast menschenleer war und von wo aus man ungestört die Landschaft betrachten konnte, trotz der dicken Querstreben mitten in den Fenstern, die aus unbegreiflichen Gründen exakt auf Augenhöhe verliefen und einen dazu zwangen, sich entweder etwas zu bücken oder auf Zehenspitzen zu stehen, wollte man auf diese Landschaft blicken, die übrigens völlig uninteressant war. Nachdem Max ein Bier bestellt hatte, zog er aus der linken Tasche ein Telefon und tippte eine Nummer auf die Tastatur. Hallo, Parisy nahm sofort ab, ich höre. Ach, Sie sind's, na, wie ist es in Nantes gelaufen? Hören Sie, nicht schlecht, antwortete Max, aber das Zimmer war eine Zumutung, skandalös! Ach ja, sagte Parisy besorgt, ich verstehe, ich weiß schon. Wie um alles in der Welt kommen Sie dazu, ein Behindertenzimmer für mich zu reservieren?

Spezialbett und erhöhtes Toilettenbecken, an allen Ecken und Enden Griffe zum Festhalten, Lattenrost auf der Badewanne, das Fenster nach Norden ausgerichtet, auf einen Bereich des Parkplatzes hinaus, dessen Bodenmarkierungen ihn ebenfalls als für Behinderte reserviert auswiesen – dieses klinisch anmutende Zimmer hatte in der Tat nichts, um einen einsamen Mann heiter zu stimmen, vor allem keinen einsamen Künstler und schon gar keinen angstgequälten einsamen Künstler. Ich weiß, ich weiß, gab Parisy zu, aber es gab wirklich nichts anderes mehr. Offenbar finden in Nantes zurzeit irgendwelche Kongresse oder so statt, alle Hotels waren ausgebucht. Mag ja sein, sagte Max, trotzdem. Aber wissen Sie, erläuterte Parisy, diese Zimmer haben auch ihre Vorzüge, sie sind zum Beispiel viel größer als andere. Und, haben Sie's bemerkt, die Türen sind auch breiter. Warum breiter?, fragte Max. Weil, erklärte Parisy, für zwei Rollstühle

Platz sein muss. Warum zwei?, staunte Max. Behinderte haben auch ein Recht auf Liebe, brachte Parisy in Erinnerung. Mag ja sein, wiederholte Max, aber hören Sie mal, in dem Zimmer war nicht mal eine Minibar. Behinderte trinken nicht, bemerkte Parisy kühl. Wie Sie meinen, sagte Max, wie Sie meinen. Bis nachher. Und nachdem er das Bier ausgetrunken hatte, erstand er an der Bar drei kleine Schnapsflaschen, die er sich in die rechte Tasche steckte, bevor er zu seinem Platz zurückging.

In der ersten Klasse, im Raucherbereich, hatte Max einen einsamen Platz in einer Anordnung von vier leeren Sitzen. Eine der guten Sachen zu dieser Zeit im TGV war, dass sich der Wagen 13 – erste Klasse Raucher – direkt neben der Bar befand, was eine gewisse Erleichterung bedeutete. Aus dem Nichtraucherbereich kommend, tauchte ein Mann auf und fragte Max, ob einer dieser Plätze frei sei, und wies darauf hin, dass er nicht lange bleiben wolle, nur für ein, zwei Zigarettenlängen. Aber bitte, sagte Max mit einladender Geste, als wäre er hier zu Hause. Während der Mann sich bedankte und Zigaretten und Feuerzeug zückte, warf er einen etwas zu gründlichen Blick auf Max, der sich fragte, ob sein Gegenüber ihn erkannt hatte. Sein Gesicht war manchmal in der Zeitung zu sehen, in Musikzeitschriften, auf Plakaten und Plattenhüllen, da kam es schon vor, dass man ihn wiedererkannte und ansprach – kurioserweise öfter in öffentlichen Verkehrsmitteln als sonst wo. Das war nie unangenehm, freilich nicht, wenn auch manchmal etwas peinlich, aber an jenem Morgen, in jenem Zug, wäre Max, dem die Zeit etwas lang wurde, eine Unterhaltung ganz recht gewesen. Doch nein: Sobald seine Marlboro verglommen war, schlief der andere unvermittelt ein, mit offenem Mund, Max erkannte deutlich eine dunkle Plombe im Oberkiefer rechts. Na gut, was soll's, ist sowieso immer dasselbe. Wenn man weiß, dass man halbwegs prominent ist, ist man's immer ein bisschen weniger oder ein bisschen mehr, als man glaubt, mal so, mal so. Wie soll ich mir jetzt die Zeit vertreiben? Er zuckte innerlich mit den Schultern und fischte die erste kleine Flasche Schnaps aus der Tasche.

Bei Ankunft des Zuges waren die Passagiere noch vor dessen Stillstand aufgestanden, hatten ihre Taschen genommen und drängten sich jetzt vor den Türen. Bis auf Max, der sehr langsam nach allen anderen ausstieg; Bernie, der ihn auf Bahnsteig 8 der Gare Montparnasse erwartete, erkannte sofort, dass es ihm nicht gut ging. Er rannte herbei, fasste Max beim Arm, versuchte, in möglichst gerader Linie den Ausgang anzusteuern, wobei er ununterbrochen redend den Pianisten informierte, dass die Kritiken des letzten Konzerts in der Salle Pleyel ungeteilt hymnisch waren (also das hab ich gehört, ich lese ja nie Zeitung), dass die Salle Gaveau heute Abend wahrscheinlich ausverkauft sein würde, dass die Amis angerufen hatten wegen einer Tournee, die einen Monat dauern sollte, dass das vom Festival de Fougères angebotene Honorar laut Parisy unter aller Schublade sei und dass angesichts dessen, wie dringend die Chausson-Gesamtaufnahme erwartet würde, die

Japaner unbedingt die Daten für die Reservierung der Cerumen-Studios wissen wollten (haben die sich wirklich keinen lustigeren Namen ausdenken können?), und darüber hinaus noch so dies und das.

All das entlockte Max auf den Rolltreppen nicht mehr als ein spöttisches, abgeklärtes Lachen, das zusammen mit seiner Fahne dafür sorgte, Bernie höchlichst in Sorge zu bringen. Apropos, sagte Max, wie ist das mit Parisy gelaufen neulich Abend? Du weißt schon, deine Gehaltserhöhung. Ach, gar nicht so schlecht, antwortete Bernie, aber das wird auch von Ihnen abhängen. Mach dir keine Sorgen, sagte Max und verfehlte eine Stufe, das wird schon klappen. Und wenn nicht, wird er gefeuert, fertig. Einen anderen Impresario finden wir überall. Du und ich, wir beide sind ein Superteam, und Parisy ist ein Idiot. Also, also, wandte Bernie ein. Halt den Mund, kommandierte Max, er versteht nichts von Musik, er hat so viel Kunstverstand wie ein Joghurt. Außerdem ist er stocktaub, fuhr er fort und verfehlte erneut eine Stufe. Also, also, wiederholte Bernie und packte Max' Ellbogen fester. Doch, doch, erläuterte Max, der ist so taub, der braucht seine Ohren nur, damit ihm die Brille nicht vom Kopf rutscht. Außerdem begreift er überhaupt nicht, was ich eigentlich will. Aber na ja, jetzt ging er ins Allgemeine, das begreift niemand. Ich ja auch nicht.

Da es jetzt Mittag und ein paar Zerquetschte war, ging Bernie, nachdem er Max per Taxi nach Hause verfrachtet hatte, zu Fuß den Boulevard Barbès hinunter, auf der Suche nach irgendeiner Brasserie. Als er eine gefunden und das Tagesgericht bestellt hatte, begab er sich in die Kelleretage, wo Telefon und Toiletten nebeneinander Trübsal bliesen, wie überall. Nachdem er diese benutzt hatte, nahm er jenes ab und wählte Parisys Nummer. Und, Parisy war beunruhigt, wie sieht er aus? Nicht so toll, sagte Bernie, ich finde, gar nicht gut. Wie, rief Parisy, ist er wieder mal voll? Um die Tageszeit? Er ist müde, sagte Bernie, ich finde, er wirkt sehr müde. Hören Sie, Bernard, sagte Parisy trocken, das ist Ihr Problem, ja, das fällt in Ihre Verantwortung. Sie erinnern sich an unsere Verabredung von neulich Abend? Wenn das Konzert in die Binsen geht, dann gilt die nicht mehr, das ist ja wohl klar. Erledigen Sie jetzt Ihre Arbeit.

Nach dem Mittagessen zu Hause, Alice hatte kaltes Hühnchen in der Küche stehen lassen, schlummerte Max kurz auf dem Sofa im Musikzimmer, wurde dann von seiner zurückkehrenden Angst aus dem Schlaf geschreckt und versuchte, sie mit einem Glas auszutreiben, was sie nur noch potenzierte. Als Bernie spätnachmittags bei ihm aufkreuzte, um ihn wie üblich zum Konzert zu eskortieren, wirkte Max noch viel weniger trittsicher als am Bahnhof, und Bernie musste ihn unter die Dusche stellen, bevor er ihm beim Anziehen half, dann rief er an der Ecke der Rue Custine ein Taxi, in das sie hineinkrochen. Parc Monceau, verkündete Bernie. Warum denn zum Parc Monceau?, protestierte Max, warum bringst du mich immer dahin? Der Parc Monceau ist gut für Sie, antwortete Bernie. Er ist praktisch, er ist hübsch, er ist gut mit den Verkehrsmitteln erreichbar. Er liegt bei mir um die Ecke. Und ich habe nicht viel Fantasie, das ist es auch.

Der Himmel über den vorbeiziehenden Boulevards war dunkelgrau, die Luft drückend, mit kleinen kühlen Pustern durchsetzt, rhythmischen Ohrfeigen, die durch die heruntergelassenen Taxifenster hereinwehten, und Max machte seinen Mantel unausgesetzt auf und wieder zu. Also wirklich, bemerkte er, als das Taxi vor den vergoldeten Eingangsgittern hielt, jetzt regnet's. Warten Sie, sagte Bernie, ich komme rum, Sie können bei mir mit drunter. Machen Sie mir bitte eine Quittung, sagte er zum Fahrer, bevor er den Wagen im Laufschritt umrundete und einen ausziehbaren Regenschirm hervorzauberte, den er über dem schwankend, im feinen Regen aus dem Taxi steigenden Max öffnete.

Wieder betraten sie den Park. Bernie musste sich etwas verrenken, um Max' einen Arm zu stützen und zugleich mit seinem eigenen anderen Arm den Regenschirm hochzuhalten, genau über Max, der protestierte: Und du, komm auch unter den Schirm. Du wirst pitschnass. Ich habe meinen Hut, erinnerte Bernie. Hör mal, sagte Max, sollen wir nicht besser zu dir gehen, auf ein Glas, ein einziges kleines Bierchen schön im Trockenen. Nein, Monsieur Max, sagte Bernie mit fester Stimme. Hör mir gefälligst zu, Max ließ nicht locker, du weißt, Regen ist Gift für meine Hände. Der macht mir die Finger kaputt, ich erfriere, ich kann die Arthrose bis hierher spüren, sie kommt. Unter solchen Bedingungen kann ich nicht spielen. Monsieur Max, ächzte Bernie verzweifelt. Da er den schwindenden Widerstand bemerkte, steckte Max die Hand in die Manteltasche, holte eine der kleinen Schnapsflaschen aus dem Zug hervor und zückte sie mit drohendem Gesicht wie eine gefährliche Granate. Hier, sagte er, wenn du davor Angst hast, zu spät, ich bin versorgt. Das tut mir nichts, das wärmt mich höchstens. Also, es ist ganz einfach, entweder ein Bierchen bei dir oder ich trinke das hier gleich jetzt. Ist dir das lieber? Das ist nicht gut, Bernie kapitulierte, das ist nicht gut. Was soll nicht gut sein, um Himmels willen?, staunte Max. Wo ist das Problem? Und wo wohnst du nochmal genau? In der Rue Murillo, sagte Bernie mit toter Stimme, da runter. Ich weiß Bescheid, sagte Max. Na hoppla, lachte er gallig, das ist ja eine richtig feine Gegend. Es ist ganz klein, protestierte Bernie, in der obersten Etage, gerade genug Platz für meinen Stiefsohn und mich. Ich habe das geerbt. Gehen wir, sagte Max. Resigniert trottete Bernie Max eher hinterher, als dass er ihm vorausgegangen wäre, zum Südeingang des Parks, wobei er aber doch aus Prinzip darauf achtete, dass sie dem Chopin-Standbild aus dem Weg gingen – wo dieser in voller Aktion in Stein erstarrt ist, er hämmert irgendeine Mazurka in die Tasten, während die unvermeidliche junge Frau, unterm Flügel sitzend, das Haar unter einem Schleier und kurioserweise mit sehr großen Füßen ausgestattet, ganz offensichtlich äußerst konzentriert, sich eine Hand vor die Augen legt, aus lauter Ekstase – Oh verdammt, ich fasse es nicht, was ist diese Musik schön – oder vor lauter Ekel – Oh verdammt, ich fasse es nicht, ich halte den Typen nicht mehr aus.

Rue Murillo Nummer 4 ist wirklich ein ziemlich hübsches Gebäude, aber Bernies Wohnstatt darin bestand aus drei ineinander übergehenden Hausmädchenkammern zum Hof raus. Bernie bat Max in den Hauptraum, der die Funktionen von Wohnzimmer, Küche und Esszimmer in sich vereinte und wo auch sein Bett stand. Durch eine offene Tür erblickte Max Hightech-Computerausstattung im Zimmer des anscheinend aushäusigen hochbegabten Stiefsohns. Wie vereinbart, servierte Bernie Max ein Bier, in das dieser aber zu dessen Bestürzung das im Park präsentierte Fläschchen gut zur Hälfte leerte. Dann bemühte sich der kurzwüchsige Aufpasser wie üblich, den Pianisten abzulenken, ihn das drohende Konzert vergessen zu machen, indem er allerlei Themen und Ideen heranzog, umso mühsamer, als Max' Trunkenheit minütlich fortschritt – wobei sie, und das war der einzige Vorteil, auch sein Lampenfieber linderte.

Und gegen halb acht zockelten sie gemächlich die Avenue de Messine hinab, Richtung Salle Gaveau, wobei der eine den anderen mehr schlecht als recht stützte. Und um Punkt acht, nach mancherlei Mühen, Max auf den Beinen zu halten, beförderte Bernie ihn mittels der üblichen Technik gen Klavier auf die Bühne. Mit unvermutet festem Schritt marschierte Max auf das Instrument zu, obgleich im Dunst seines Rausches die Tastatur nicht wie sonst ein einfacher Kiefer war, sondern ein veritables Gebiss, das sich diesmal todernst anschickte, ihn zu schlucken und in Stücke zu zerkauen. Da nun, kaum dass er auf dem Podium erschien, der ganze Saal aufstand und ihm zuklatschte, ein nicht endender Niagarafall von Applaus, lebhafter noch als vergangene Woche, da die Ovationen, begeisterter denn je, anhielten, ohne schwächer zu werden, meinte Max, nicht mehr so ganz klar im Kopf, daraus schließen zu können, dass das Konzert bereits beendet war. Also verbeugte er sich mehrmals tief vor dem Publikum, bevor er unter Parisys entsetzten Blicken mit nicht weniger festem Schritt wieder in die Kulissen steuerte – aber hast du nicht gesehen, griff Bernie Max sogleich bei den Schultern, verpasste ihm eine Kehrtwendung und einen ordentlichen Schubser, der ihn kraftvoll wieder auf die Bühne beförderte, und los jetzt: Sonate.

Guter Einsatz, Bernard, sagte Parisy, Sie sind gut. Sie sind wirklich gut. Es ist nicht immer leicht, wissen Sie, merkte Bernie an. Dieser Job fordert ja doch ganz schön viel Körpereinsatz.

7

Zwei Stunden später, ernüchtert durch die Anstrengungen des Konzerts, friedlichen Herzens, doch leeren Geistes, döste Max Delmarc auf der Rückbank eines Taxis. Als dieses irgendwann stehen blieb, machte Max ein Auge auf und erkannte das Haus, in dem er wohnte, und dann, vor der Haustür, einen reglosen, sehr dicken Hund, der fest in seine Richtung blickte. Nachdem der Fahrer bezahlt war, beobachtete der Hund Max weiterhin, wie der aus dem Taxi stieg: ein wirklich voluminöses Tier, von der Größe eines Neufundländers oder Mastiffs, es sah friedlich und gutmütig aus und verschwand irgendwann, gezogen von einer langen gespannten Leine, an der Max' Blick entlangwanderte, bis er an ihrem Ende eine Person weiblichen Geschlechts entdeckte, von hinten gesehen. Doch auch von hinten, auch von fern, auch wenn jede zweite Straßenlaterne ausgefallen war, erkannte Max ohne weiteres jene übernatürlich schöne Frau, der er manchmal im Viertel begegnete. Jetzt entfernte sie sich langsam, gefolgt von ihrem Haustier, Richtung Square de la Villette. Zu so einer Tageszeit.

Max ist wirklich keiner, der Unbekannte auf der Straße anspricht, schon gar nicht zu so einer Tageszeit. Das ist eine Frage des Prinzips, natürlich, aber nicht nur: Selbst wenn er es wollte, er wäre nicht im Stande. Dennoch, war das vielleicht eine Spätwirkung all des heute genossenen Alkohols, kann sein, aber doch nicht nur, setzt er sich auf einmal in Bewegung und fängt an, dieser Frau zu folgen, in der festen Absicht, sie anzusprechen. Er hatte nicht die geringste Ahnung, was er zu ihr sagen wollte, aber das machte ihm nichts aus, er wunderte sich nicht mal, dass ihm das nichts ausmachte, ihm würde im letzten Moment schon was einfallen. Doch leider, als er auf ihrer Höhe ankam, hörte er überrascht, dass sie Selbstgespräche führte, und stellte fest, dass sie sich mit einem Handy unterhielt. Kein Gedanke, sie unter diesen Umständen anzusprechen, also überholte er sie regen Schritts, als ob nichts wäre, ohne sich umzudrehen, ohne zu wissen, wohin genau er ging, aber er musste schon so tun, als ob er dorthin ginge, und so improvisierte er ein Ziel, eben den Square de la Villette, drei Ecken weiter. Wenige Leute unterwegs in den Sträßchen des Viertels um diese Tageszeit: Seine Schritte hallten zu laut, echoten zwischen den dunklen Fassaden, was seinen Gang linkisch werden ließ, und Max sah sich selber mit ungutem Gefühl von hinten. Dann, als er die kleine Grünanlage erreicht hatte, stand sein äußerst schlichter Plan fest: Er wollte einfach umkehren, um dieser Frau erneut zu begegnen, und sie diesmal ansprechen, immer noch keine Ahnung, was er sagen würde, aber dieser Umstand kam ihm kurioserweise unwichtig vor.

Als er also beim Square de la Villette war, machte er kehrt, sah sie von fern herankommen, diesmal lief der Hund vor seinem undeutlich, nur als Silhouette erkennbaren Frauchen. Als sie rasch näher gekommen war, erkannte Max, dass sie immer noch auf das kleine Telefon einredete, und musste wiederum unverrichteter Dinge an ihr vorbeigehen. Mit gesenktem Kopf, seine Schuhspitzen im Blick, eilte er vorüber, um nach Hause zu flüchten – meine kleine Zirkusnummer muss ihr aufgefallen sein, schlimmstenfalls wirke ich völlig gaga, bestenfalls idiotisch, jedenfalls hab ich's versiebt. Er drückte die Tür seines Hauses auf, hatte, ohne sich damit aufzuhalten, registriert, dass in Alices Zimmer noch Licht brannte, dann, in seiner Wohnung angekommen, warf er den Mantel achtlos über das Sofa im Musikzimmer, ohne wie sonst ein wenig darauf zu verweilen, und ging stracks ins Schlafzimmer, wo er sich wütend auszog und wütend ins Bett ging. Aber siehe da, nach kurzem Innehalten schlüpft er wieder in seine Kleidung, hastig und vielleicht verkehrt herum, durchquert in umgekehrter Richtung sein Musikzimmer und verlässt überstürzt das Haus. Wahrscheinlich ist sie längst nicht mehr draußen, aber man kann ja nie wissen, immer noch keine Ahnung, was ich zu ihr sagen soll, aber eigentlich riskier ich ja nichts. Und was sehe ich: Da ist sie. Da ist sie, da ist ihr Hund, da sind sie.

Max näherte sich entschlossen. Wieder betrachtete

ihn der Hund, unaggressiv, ohne zu knurren, ohne auch nur einen halben Zahn zu fletschen – ich frage mich, wozu hat man so einen Hund. Auch sie sah Max kommen, schaute kaum erstaunt, ohne auch nur den Schatten einer Augenbraue zu runzeln oder das kleinste Selbstverteidigungsspray mit natürlichem Cayennepfefferwirkstoff zu zücken. Erschrecken Sie nicht, stotterte Max zu schnell, nur ein Sekündchen, also. Ich sehe Sie schon seit langem auf der Straße. Das stimmt, sie lächelt. Gut, denkt Max, sie hat mich bemerkt, das ist schon mal was. Und ich, sagte Max, also, ich wollte einfach nur mal wissen, wer Sie sind. Was bildet der sich ein, der Typ.

Nun, sie lächelte, ich wohne in Nummer 55, und wie Sie sehen, führe ich meinen Hund aus (und ich in Nummer 59, rechnete Max). Sonst gehen immer meine Kinder (autsch, dachte Max) mit ihm raus, aber die sind heute Abend nicht da. Schweigen, erneutes Lächeln. Es war höchste Zeit, sich zu verabschieden, wenn er nicht wirken wollte wie wer weiß was für einer. Max, der vor allem nicht wirken wollte wie wer weiß was für einer, verbeugte sich leicht und lächelte seinerseits, so gut er konnte. Nun, sagte er, ich wünsche Ihnen eine gute Nacht.

Als er wieder den Hof durchquerte, sah Max erneut Licht bei Alice, ging ihr aber nicht Guten Abend sagen. Dabei besuchte er sie oft nach Konzerten, erzählte ihr, wie es gelaufen war, und du, was hast du heute, all so was, aber nicht heute Abend, unmöglich. Er hätte einfach erzählen müssen, was er gerade veranstaltet hatte, er hatte sich ohnedies schon lächerlich genug gemacht, außerdem war er etwas zu nervös. Also drehte er eine kurze Runde durch sein Musikzimmer, goss sich ganz selbstverständlich ein letztes Glas ein, hob den Tastaturdeckel, um ihn sofort wieder zuzuklappen, blätterte in einer Zeitung, ohne sie zu lesen, und ging schließlich ins Bett: langer Gedanke an die Frau mit dem Hund, höchstens ein ganz winziger Gedanke an Rose, mein Schlafmittel und dann Gutnacht.

8

An den folgenden Tagen begegnete Max der Frau mit dem Hund ungewöhnlich häufig, sehr viel häufiger als in all den Jahren zuvor. Nach dem kurzen Auftritt neulich Abend mussten sie einander jetzt natürlich grüßen, sich sogar zulächeln, da der kleine Wortwechsel so vollkommen zivilisiert vonstatten gegangen war. Dies Lächeln aber war von variabler Amplitude und folgte verschiedenen Modellen. Eines Abends, als er sie noch eleganter gekleidet als sonst traf – und derart elegant konnte sie nur sein, weil sie zu irgendeiner Abendveranstaltung ging, und wer weiß mit wem, man könnte sich fast fragen, ob Max am Ende eifersüchtig werden wollte, es geht ja immer so schnell mit solchen Geschichten –, bedachte sie ihn mit einem amüsierten, fast verschwörerischen oder auch nur duldsamen Lächeln, das sogar anzuhalten schien, konnte man meinen, nachdem sie ihm den Rücken zugekehrt hatte, was bei Max bewirkte, dass er sich lächerlich vorkam, sich dann geschmeichelt fühlte und sich dann lächerlich vorkam, weil er sich geschmeichelt fühlte.

Ein andermal, am späten Vormittag, sah er sie vom anderen Ende der Straße herankommen, sie trug eine Art Jogginganzug, einen Jogginganzug von Hermès natürlich, aber, nun ja, einen Jogginganzug, und zog einen Einkaufsroller hinter sich her, einen Einkaufsroller von Conran, okay, aber einen Einkaufsroller. An diesem Vormittag war sie weniger geschminkt als sonst, weniger sorgfältig frisiert, wirkte weniger strahlend und energisch, sie kam wohl einfach nur vom Einkaufen zurück und zeigte sich nicht gern so, denn ihr diesmal schier unmerkliches Lächeln kam Max ganz deutlich kühler vor. Wieder an einem anderen Tag, es regnete, sah er, wie sie vor Nummer 55 einzuparken versuchte – einen kleinen schwarzen Audi, bemerkte Max –, in eine für den Wagen vielleicht etwas knappe Lücke. Sie verdrehte sich nach hinten, zur Rückscheibe des Audis, war offensichtlich sehr angestrengt, und ihr Lächeln für Max war angesichts der Schwierigkeit des Manövers diesmal eine Spur freundschaftlicher – so ein Lächeln, bei dem man ein bisschen gen Himmel blickt, das einen zum Zeugen gegen die kleinen Widrigkeiten des Lebens beruft, zumal wenn es regnet und diese Lippenbewegung dank der beschlagenen Scheiben und der sich darauf bewegenden Reflexe noch sanfter wirkt. Max, der keinen Wagen besaß und bis dato auch gar nicht gewusst hatte, dass sie einen besaß, lernte blitzschnell das Kennzeichen auswendig. Bei all diesen zufälligen Begegnungen war von dem Hund nichts zu sehen, und bei all diesen Gelegenheiten achtete Max sorgsam darauf, möglichst diskret aufzutreten und auf dieses Lächeln höflich zurückhaltend zu reagieren, einen halben Ton leiser, kurz, sich zu verhalten wie ein perfekter Gentleman. Immer noch jedes Risiko vermeiden, zu wirken wie wer weiß was für einer.

Am Tag dieses einverständigen Lächelns erwartete Max einen Besuch von Parisy. Es war das erste Mal, dass der Impresario ihn zu Hause aufsuchte, und zwar um sich von der stabilen Verfassung des Interpreten vor dem TV-Mitschnitt eines Konzerts zu überzeugen. Berühmtes Orchester, glanzvolle Solisten, Live-Bedingungen in einem Studio von Radio-France vor kleinem, handverlesenem Publikum, aber ausgestrahlt werden sollte der Mitschnitt zeitlich versetzt, spätnachts in einem Kulturprogramm. Parisy, der heute einen dunklen Anzug trug, von dem er hoffte, er würde seinen Schweiß absorbieren und tarnen, kam unter dem Vorwand, gemeinsam einen letzten Blick in die Partitur zu werfen, ein paar technische Details zu regeln, aber in Wahrheit wollte er sich persönlich davon überzeugen, dass Max, der angesichts des Bevorstehenden wie üblich seit ein paar Tagen nervös war, beim Warten auf das Konzert nicht auf Abwege geriet. Sonst delegierte der Impresario diese Überwachungstätigkeit, aber das heute war zu wichtig, um es einzig Bernie zu überlassen. Max aber erwies sich als recht zerstreut, immer wieder vertat er sich zwischen den Zahlen auf dem Nummernschild des Audi und den Taktzahlen in der Partitur. Haben Sie vielleicht Durst, sagte Max, wollen Sie etwas trinken? Hören Sie, fing Parisy an, ich sage Ihnen lieber gleich, ich möchte auf keinen Fall, dass.

Keine Angst, unterbrach ihn Max, kein Alkohol heute, machen Sie sich keine Sorgen. Ich weiß auch nicht, was los ist, ich habe selber keine Lust. Ein Kaffee? Gern, sagte der andere.

Via Haustelefon bat Max also Alice, Kaffee zu machen, und lud sie ein, ihn dann mit ihnen zu trinken. Danach klappte er die Partitur zu und ließ sich gähnend aufs Sofa fallen. Wie geht's? Parisy machte sich doch Sorgen. Nicht zu nervös? Nein, komisch, sagte Max. Fernsehen hat nicht dieselbe Wirkung wie ein Konzertsaal. Sowieso, Parisy erinnerte daran, es wird nicht live übertragen, es kommt nicht so drauf an. Schlimmstenfalls können wir immer noch eine Nachaufnahme machen, wenn's wo hapert. Jaja, sagte Max und stand auf, um ein paar missmutige Blicke aus dem Fenster des Musikzimmers zu werfen. Dank der vereinten Wirkung von Regen und Wind war nichts und niemand auf der Straße zu bemerken, nur dass die auf dem Bürgersteig aufgereihten Linoleumrollen zum Sonderpreis angeboten wurden, 25 % Rabatt wie gewohnt, dass das grüne Neonkreuz an einer Apotheke blinkte wie immer und in dem Trödelladen daneben alles zu zehn Franc verramscht wurde wie zuvor. Und dann kam Alice mit einem Tablett.

Sie war fast genauso groß wie Max, noch dünner und zwei Jahre jünger als er, ihr Haar genauso weiß wie seins, von einer leichten, kaum geschminkten Anmutlosigkeit, und trug als einzigen Schmuck eine dünne Goldkette am Hals, ansonsten ein hellgraues Kostüm, sehr leicht, sehr fließend, maximal unauffällig. Sie stellte das Tablett auf einen Stuhl beim Sofa ab und näherte sich lächelnd Parisy, der jäh von seinem Sessel aufstand, um sich steif zu verbeugen und dann wieder aufzurichten. Er betrachtete sie ernst und wirkte so beeindruckt, als wollte er anfangen zu stottern und noch schlimmer zu schwitzen als sonst, sobald sie das Wort an ihn richten würde. Max schaute den Impresario überrascht an, kaum gewohnt, dass Alice eine solche Wirkung erzielte, aber amüsiert, den Dicken aus dem Gleichgewicht gebracht zu sehen. Als Parisy, um sich zu fangen, ein Bonmot absonderte, lachte Alice sofort los. Wie bei manchen nicht so hübschen Frauen brauchte es sehr wenig, um ihre Heiterkeit auszulösen, daher lachte sie ein bisschen zu oft, obgleich ihr Lachen rau klang, fast wie ein Wut- oder Schmerzensschrei, als würde ihr das Lachen wehtun, als müsste sie versuchen, etwas unter Mühen aus sich herauszupressen.

Parisy hingegen schien von diesem Lachen nicht schockiert, nicht so wie Max, der es so ungern hörte, dass er sorgsam vermied, vor Alice irgendetwas Komisches zu sagen – nur dass etwas vollkommen Unkomisches ebenso genügte, sie vor Lachen platzen zu lassen, was in einer Kettenreaktion weiteres Gelächter hervorrief, das nur so hüpfte und immer unstillbarer und frenetischer wurde, sobald man mit autoritären Mitteln versuchte, diesen Prozess einzudämmen. Max jedenfalls beschloss, die Situation zu klären. Also bitte, sagte er, ich glaube, ihr kennt euch noch nicht. Das ist meine Schwester.

9

Sie hingegen, Sie kenne ich, ich habe Sie durchschaut. Sie haben gedacht, Max ist mal wieder so ein Homme à Femmes, einer von diesen guten alten Verführern, sympathisch, aber ein bisschen lästig. Erst Alice, dann Rose und jetzt die Frau mit dem Hund, diese Geschichten zeichneten in Ihren Augen das Bild eines Mannes mit jeder Menge amouröser Abenteuer. Sie fanden das ein klischeehaftes Bild, Sie hatten durchaus Recht. Aber nein, durchaus nicht. Beweis: Drei Frauen hat es bisher im Leben dieses Künstlers gegeben, die eine, wie wir jetzt wissen, seine Schwester, die zweite eine Erinnerung, die dritte eine Erscheinung, und das war's. Noch andere gibt es nicht, Ihr Bild war falsch, weiter im Text.

Nachdem sie Kaffee getrunken und Parisy den Blick nicht von Alice gewandt hatte, bis sie sich zurückzog, er dann darauf hingewiesen hatte, dass es Zeit werde, man allmählich losmüsse, sein Wagen in der Rue de Clignancourt stehe, ging Max seine Pianistenuniform anziehen. Und da, obwohl er ohne Hektik, sogar ungewöhnlich ruhig zu Werke ging, beschlossen wiederum zwei Knöpfe zu desertieren, der eine floh unter ein Möbelstück, der andere schloss sich in einer Parkettritze dem Untergrund an. Es schien eine Art Jahreszeitenwechsel im Leben von Max' Bekleidung zu herrschen, ein Herbst der Garderobe. Aber jetzt war keine Zeit mehr für lange Suchereien, die herbeigerufene Alice wies darauf hin, dass auch ihre Intervention zu lange dauern würde, Max musste statt seines Smokinghemds ein schlichteres Modell anziehen. Das war ärgerlich, aber es würde schon gehen, hastig fuhr man in Parisys Volvo Richtung 16. Arrondissement, was von der Place du Château-Rouge aus praktisch ganz auf der entgegengesetzten Seite von Paris liegt, ein Neuseeland innerhalb der Stadtgrenzen.

Mistwetter, äußerte Parisy, wir müssen das Zentrum umfahren. Der Regen hatte tatsächlich nicht nachgelassen und würde mit Sicherheit wie üblich für stockenden, gerinnenden Verkehrsfluss und Stau sorgen. Um keine Zeit im verstopften Paris zu vertun, beschlossen sie, die nach den Marschällen benannten Boulevards zu benutzen.

So folgten sie zunächst der Rue de Clignancourt in gerader Linie, bogen dann rechts in die Rue Championnet ein, durch die man die Rue des Poissonniers erreichte und über diese den Ring der äußeren Boulevards, deren Bürgersteige sporadisch von sehr jungen Frauen bevölkert wurden, nigerianischen, litauischen, ghanaischen, moldawischen, senegalesischen, slowakischen, albanischen oder kamerunischen. Kurz geschürzt standen sie unter ihren Regenschirmen und befanden sich unter mehr oder weniger fortwährender Beobachtung durch vier Kategorien von Männern: Erstens waren da die bulgarischen oder türkischen Zuhälter, die unfern hier und da in PS-starken Karossen im Warmen warteten, nachdem sie ihnen ihre Verhaltensmaßregeln diktiert hatten (mindestens dreißig Nummern pro Tag, bei weniger als fünfundzwanzig brechen wir dir ein Bein); zweitens die Kunden, für die sie Tag und Nacht in allen Tonlagen immer denselben perfekten Alexandriner deklamierten, klassisch ausgewogen mit Zäsur zwischen den Halbversen (für fünfzehn Euro blasen, für dreißig Euro ficken); drittens die Ordnungskräfte, die ihrerseits vor allem nachts, aber nicht allzu streng auftauchten (bonjour, bonjour, Polizei, können Sie sich ausweisen? Keine Papiere? Nicht mal Fotokopien?); ganz zu schweigen, viertens, von den Fernsehteams, die sorgfältig darauf achten, dass beim tausendsten Beitrag zu diesem Thema im zweiten Teil des Nachtprogramms dem Gesetz zum Schutz des eigenen Bildes entsprechend die Gesichter dieser Liebesdienerinnen auf dem Bildschirm pflichtschuldigst unkenntlich gemacht sind. Diese jungen Frauen, diese jungen Mädchen, oft noch keine achtzehn, machten sich ab dem Boulevard Suchet allmählich rarer, entlang der Rue Boulainvilliers, über die Parisys Automobil bis zur Maison de la Radio einherglitt, standen dann überhaupt keine mehr.

Die Aufzeichnung sollte um achtzehn Uhr beginnen, aber es brauchte noch ein wenig Zeit davor, um sich an das Studio zu gewöhnen, mit Beleuchtern und

Toningenieuren zu verhandeln, sich mit dem Orchester über zwei, drei Stellen zu verständigen, obwohl nach einigen Wochen Probenarbeit eigentlich alles so weit geklärt war. Dann ging es in die Maske, immer in Dreiergrüppchen in die Sessel, vor den Spiegeln, in die Hände von Spezialistinnen, die öfter ziemlich hübsch waren und mit aufmerksamer Gleichgültigkeit zu Werke gingen. Übrigens wurden nur die Solisten und der Dirigent richtig geschminkt, das Gros der Truppe blieb im Naturzustand, gerade ein bisschen Puder für die Melancholiker und Sanguiniker. Obgleich für das Orchester ein gewisser Raum nötig war, war das Studio sehr viel kleiner, als es auf dem Bildschirm wirken würde, aber mit dem Fernsehen ist es eben immer dieselbe Geschichte: Räume, Bildschirm, Ideen, Projekte, alles ist kleiner als in der wirklichen Welt.

Nachdem aus dem Nichts ertönende Stimmen den Countdown gegeben hatten, konnte das Konzert beginnen. Der Dirigent war ziemlich nervig, lauter manierierte Zuckungen, salbungsvolle Gesten, kleine codierte Zeichen je nach Aufführenden, Finger auf den Lippen und übertriebenes Hüftgeschwenke. Sofort fingen auch die Orchestermusiker an, sich aufzuspielen: Ein Oboist nutzte eine gewundene Stelle des Notentextes, die ihm gestattete, ein bisschen zu brillieren und ein paar Takte lang aus der Masse emporzuragen, um übersteigerte Konzentration zu mimen, so extrem, dass es ihm sogar eine Großaufnahme bescherte. Dank einiger etwas solistischer Phrasen, die ihnen zugeteilt waren, führten etwas später zwei Englischhörner ihre kleine Nummer auf. Und Max, der sehr bald das bisschen Lampenfieber abschüttelte, das er an diesem Tag gespürt hatte, fing an, sich ein wenig zu langweilen, gab jetzt seinerseits den Pianisten bei der Arbeit, sandte ahnungsvolle Blicke aus, zog den Kopf ausdrucksvoll zwischen die Schultern oder krümmte sich maßlos, je nach den Tempi, lächelte seinem Instrument zu, dem Werk, dem Wesenskern der Musik und sich selber, man muss sich schließlich die Zeit vertreiben.

Als dann alles im Kasten war, durfte man nach Hause gehen. Max nutzte die Gelegenheit, wenigstens einmal etwas frischer auszusehen, und ließ sich nicht abschminken. Da Parisy sich entschuldigt hatte und ihn nicht nach Hause bringen konnte, ging er zu Fuß los; der Regen hatte sich gelegt, er ging über den Pont de Grenelle bis zur Allée des Cygnes, jenem lang gestreckten, mit Bäumen und Bänken möblierten Stück Rückgrat in der Mitte des Flusses, über das er bis zum Pont de Bir-Hakeim spazierte, wo er dann zur Metrostation Passy hinüberging, mit dem Vorhaben, bis zur Place de l'Étoile die Linie 6 des U-Bahn-Netzes zu nehmen und dort Richtung Barbès umzusteigen. Sie ist sehr hübsch, diese Metrostation Passy, sehr luftig, sehr schick, von hohen Häusern überragt, die so würdig sind wie Admiralsschiffe, so schön, dass sie aussehen, als wären sie leer und dienten allein dekorativen Zwecken. Max wartete friedvoll, dass eine Metro käme.

Als sie dann einfuhr und einige Reisende entließ und andere aufnahm, fuhr auf der anderen Seite ein Gegenzug ein, in Richtung Place de la Nation, hielt und betrieb wie die andere ein bisschen Entleerung und Nachfüllung. Und als Max eingestiegen war und an einer Glastür stand, wen sah er da, zumindest glaubte er im Wagen gegenüber zu sehen, der eben losfahren wollte, auf gleicher Höhe mit seinem? Rose natürlich.

Rose, in einem dunkelgrauen Kostüm unter einem hellbeigen, recht üppig gefältelten, augenscheinlich leichten Mantel mit einem eng geschnallten Gürtel, genäht aus etwas, das man wohl weichen Popelinestoff nennen könnte. Max kannte diese Kleidung nicht an ihr, natürlich nicht, aber abgesehen davon sah sie jetzt nach dreißig Jahren gar nicht mal so anders aus.

10

Alarm. Obwohl schon das Signal zum Türenschließen ertönte, sprang Max mit einem riskanten Satz aus dem Wagen: seitlings, im Profil wie auf einem ägyptischen Relief, um den Türen auszuweichen, die noch kurz seine Schulter streiften und sich schlossen, bevor er auf dem Bahnsteig gelandet war. Von dort versuchte er, Rose zu erkennen, durch die übereinander gelegten Fensterscheiben beider Züge, deren einer, seiner, eben Richtung Étoile loszuckelte. So war der andere kurz besser zu sehen, bis dieser zwei Sekunden darauf ebenfalls losfuhr, Richtung Nation, ohne dass Max hätte feststellen können, ob tatsächlich Rose darin war. Er war nicht vollkommen sicher, dass sie es gewesen war, aber einen Augenblick lang war die Ähnlichkeit ihm sonnenklar erschienen: eine Ähnlichkeit, und in diesen Mantel gekleidet, in dem Max, obgleich er ihn nie gesehen hatte, doch durchaus das erkannte, was er als Roses Kleidergeschmack erraten hätte, damals, vor dreißig Jahren.

Also ist nichts sicher, aber man kann ja nie wissen:

Max rannte los, den Bahnsteig entlang bis hin zu den Unterführungen, fraß die Treppen in Sprüngen zu vier Stufen, um auf den gegenüberliegenden Bahnsteig zu gelangen, wo er auf den nächsten Zug wartete. Was irrsinnig lang dauerte. Der Plan ist absurd. Man kann keine U-Bahn verfolgen. Aber warum eigentlich nicht. Während er wartete, las er, um die Zeit zu verkürzen, wieder einmal fieberhaft die Betriebsordnung der Metro – und stellte fest, dass unter den fünf Kategorien von Passagieren, für die die Benutzung gratis ist, immer noch, wenn auch an letzter Stelle, Beidhandamputierte ohne Begleitperson genannt wurden. Der Zug kam an, Max stieg ein. Obgleich reiche Auswahl an leeren Plätzen herrschte, blieb Max stehen und stellte sich an eine Tür, durch deren Fenster er die Bahnsteige der kommenden Stationen würde überschauen können. Nachdem der Zug aus Passy über die Brücke nach Bir-Hakeim gefahren war, hatte er zunächst Gelegenheit, die Seine zu betrachten, dann, zwischen den nachfolgenden Stationen, auch die Stadt.

Diese Linie Étoile–Nation nämlich, die verschiedene feinere und einfachere Viertel miteinander verbindet – obwohl diese Adjektive mittlerweile auch nicht mehr das sind, was sie mal waren, sie sind so undeutlich geworden, dass sie sich eins über das andere schieben, bis sie sich eins für das andere halten –, verläuft über große Strecken als Hochbahn: Wie keiner anderen kommt ihr das Tageslicht zugute, und sie nutzt das fast mit jeder zweiten Station. Unablässig kommt sie aus dem Untergrund hervor und verschwindet alsbald wieder darin, wie auf einer Sinuskurve, wie eine Meeresschlange oder Achterbahn, ein Phantomzug oder Koitus.

Doch bereits auf dem Bahnsteig der Station Bir-Hakeim, der ersten nach Überquerung des Flusses: Keinerlei Spur von einem beigen Mantel. Auch in Dupleix, einer lichten weißen Station unter einem nach beiden Seiten abfallenden Glashimmel, kein beiger Fleck, und als man jetzt sehr nah an den Wohnhäusern entlangfuhr, auf der Höhe von Küchen und Bädern, von Wohnzimmern und Schlafzimmern, einschließlich auch Hotelzimmern, in denen, da der Tag sich neigte, gleich das elektrische Licht aufflackern würde, fing Max an zu denken, dass sein Unterfangen höchst zweifelhaft sei. Obwohl die Fenster oft von Gardinen maskiert wurden, von Vorhängen oder Stores, nahm er flüchtige Szenen in den Wohnungen wahr. Drei Männer, um einen Tisch sitzend. Ein Kind unter einer Lampe. Eine Frau geht von einem Zimmer ins andere. Eine Katze, vielleicht ein Hund, auf einem Kissen liegend. Nachdem er auch in La Motte-Picquet-Grenelle keinerlei Spur von Rose entdecken konnte, begann Max immer stärker an der Erfolgsaussicht seines Plans zu zweifeln. Fast hätte er es aufgegeben, aber nein, er machte weiter. Dies oder etwas anderes.

Nach und nach warf er nur noch zerstreute Blicke auf die Bahnsteige der vorüberziehenden Stationen. Eher machte er zwischen ihnen eine Inventur der Gegenstände und Personen auf Balkons und Terrassen, unter denen die Metro entlangfuhr – auf Seilen oder

Trockengestellen aufgehängte Wäsche, an einem geschlossenen Fensterladen lehnende Fahrräder, Einkaufsroller, Kinderwagen und ausgemusterte Waschmaschinen, durchweichte Kartons, Gartenstühle, Teppiche, Leitern, Trittleitern, Grünpflanzen und Balkonkästen, in denen Geranien den Löwenanteil des Platzes beanspruchten, kaputtes altes Spielzeug, Plastikschüsseln, -becken und -eimer, aus denen schräg lange Besenstiele hervorstaken. Ganz zu schweigen, jetzt, lange nach Jahresende, von alten Weihnachtsbäumen, von denen nur noch rötliche Gerippe übrig waren, von den Parabolantennen, sämtlich gleich ausgerichtet, vertikale Sonnenblumenfelder, oder von einzelnen unbeschäftigten, mehr oder weniger bekleideten Frauen, die mit den Ellbogen auf den Geländern lehnten und zuschauten, wie die Metro vorbeifuhr, voller allein fahrender Kerle wie Max, die ihrerseits zu ihnen hinaussahen.

Nach der Station Pasteur warf Max, der bezüglich Rose alle Hoffnung verloren und sich schließlich auf einen Klappstuhl gesetzt hatte, nur noch abwesende Blicke auf die Bahnsteige. Solange die Linie oberirdisch verlief, betrachtete er die Landschaft, wenn man untertauchte, ließ er die Augen zu den beiden Männern auf den Klappsitzen gegenüber wandern, aber das war kein wirklich fröhlicher Anblick: Der eine, zu seinen Füßen hatte er einen Koffer, präsentierte eine Wunde auf der Kopfhaut; der andere konsultierte mit erloschenem Gesicht eine Broschüre mit dem Titel *Leitfaden für den Bezug von Alimenten.* Bald schaute Max sich lieber seinen Fahrschein an.

Da sich in dieser Szene nicht viel ereignet, könnte man so lange über diesen Fahrschein reden. Über diese Scheine gäbe es eine ganze Menge zu sagen, zum Beispiel über die Zweckentfremdungen, denen sie ausgesetzt werden – als Zahnstocher, Fingernagelreiniger oder Papierschneider, Plektrum, Lesezeichen oder Krümelschaufel, Unterlage oder Zylinder für Betäubungsmittel, Trennwand im Puppenhaus, Mikronotizbuch, Erinnerungsstück, Zettel, auf den man im Notfall dringend eine Telefonnummer für eine junge Frau kritzelt – und das jeweilige Schicksal dieser Nummern –, sie werden der Länge nach einmal oder dreimal gefaltet, um unter einen Trau- oder Siegelring oder ein Uhrenarmband geschoben zu werden, fünf- bis siebenmal zur Ziehharmonika gefaltet, zu Konfetti zerrissen, zur Spirale gezupft wie eine Apfelschale, in die Papierkörbe der Bahnanlagen geworfen, auf den Fußboden der Bahnanlagen, zwischen die Gleise der Bahnanlagen, dann außerhalb der Bahnanlagen weggeworfen, in den Rinnstein, auf die Straße, zu Hause wird Kopf-oder-Zahl mit ihnen gespielt: Der Magnetstreifen ist Kopf, die Seite mit den Aufschriften ist Zahl – doch vielleicht ist jetzt gar nicht der passende Moment für diese Ausführungen.

Als die Metro wieder zur Hochbahn wurde, hätte Max sich auch für die Viadukte interessieren können, über die sie fuhr, lieb gewonnene gute, schöne Viadukte, lieb gewonnene alte Eisenarchitektur, intelligent und würdevoll, aber nein: Da sein Verfolgungsplan zusehends zerbröselte, rasch verwelkt war wie eine Mohnblüte, verließ er jetzt die Metro an der Station Nationale. Da er nichts anderes zu tun hatte, schlenderte er zu Fuß weiter, absichtslos, immer noch dem Verlauf der Linie 6 folgend, aber jetzt im Freien, in dem barbarischen, schmucklosen, ungepflegten Bereich, der wie eine Piste unter den Viadukten verläuft. Hier befinden sich manchmal Märkte, Flohmärkte auch, oder allerlei Verkaufsstände, kleine Basketballfelder, vor allem aber ist das ein mehr oder weniger anarchischer Parkraum: ein kalter, enger Weg, ein Niemandsland, das niemals jemand unter dem schrill metallischen Kreischen der Züge ohne ein etwas ungutes Gefühl betritt. Dem folgte Max bis zur Seine, überquerte sie wiederum zum anderen Ufer und ging weiter bis zur Station Bel-Air, wo er müde die nächste Metro nahm.

11

Bel-Air ist eine isoliert zwischen zwei Tunneln liegende Hochbahnstation, eine Insel, die wie eine Oase die menschenleere Rue du Sahel überspannt. Hölzerne, von Glasflächen verlängerte Vordächer auf zwei Reihen von je fünf Säulen beschirmen die Bahnsteige. Diese sehen kürzer aus als die der anderen Stationen, und ganz allgemein wirkt Bel-Air bescheiden. Man könnte es für einen Dorfbahnhof halten, die Provinzkusine oder ungeliebte Schwester einer Station wie George V. auf den Champs-Élysées.

Auf den ersten Blick hätte man auch wenig Grund, sich mit dieser Station zu beschäftigen, hätte nicht genau hier, gegen alle Wahrscheinlichkeit, Max geglaubt, Rose zum zweiten Mal zu sehen. Und das war so. Max traf auf dem verlassenen Bahnsteig ein, Richtung Nation, als ein Zug aus der Gegenrichtung auftauchte, nach Étoile – es hört einfach nicht auf mit diesen Zügen. Einige Passagiere stiegen aus, so gut wie keiner ein, dann fuhr der Zug weiter. Max richtete zerstreut den Blick auf die Fahrgäste, die auf den Ausgang zugingen, bevor sie dann über die Treppe verschwanden. Unter ihnen also, von hinten, in dreiviertel Rückenansicht, konnte man schon glauben, wieder sie zu erkennen, abgesehen davon, dass sie diesmal eine marineblaue Hose und einen apfelgrünen Reißverschluss-Blouson trug, so in der Art, keine Zeit gehabt, es genauer zu sehen, das Ganze ereignete sich wieder innerhalb weniger Sekunden. Max aber vergeudete keine Zeit mit Räsonnements darüber, wie unnormal es war, dass Rose aus einem Zug in dieser Richtung ausstieg, während er sie keine Stunde zuvor in der anderen Richtung hatte verfolgen wollen – umso mehr, als sie jetzt anders gekleidet war. Weder Ort noch Zeit noch Kleidung passten, aber was soll's, auf geht's. Rennen.

Er rannte los unter den vierundzwanzig Neon-Doppelleuchten ohne Schirme, die fast sein Haar berührten, er rannte am klassischen U-Bahnsteig-Zubehör vorbei, an Kontrollbildschirmen, Feuerlöschern, Plastiksitzen, Spiegeln und Piktogrammen, die vor der Gefahr eines tödlichen Stromschlags warnen, Mülleimern – vier Mülleimer Richtung Étoile, nur zwei in Richtung Nation, warum? Wirft man weniger weg, wenn man aus den feinen Vierteln zurückkommt? Max hatte keine Zeit, sich diese Frage zu stellen, aber trotzdem, als er aus der Station hinauslief, streifte ihn der Gedanke, dass er ein Metroticket umsonst verbraucht hatte.

Als er dann auf der Rue du Sahel stand, war wieder nichts zu sehen, weder links noch rechts. Er beschloss, neben der Station einen Verbindungssteg zu nehmen, die Gleise darunter wurden von einem Gitter geschützt, auf dem leere und mehr oder weniger verbeulte Verpackungen lagen (Orangina, Cola, Yoplait), sechs Steine, eine zerdepperte Liter-Pfandflasche Billigwein, ein paar petrolblaue unbenutzbare Espadrilles, ein kleines grünes Sandkastenschippchen, und ringsum herrschte Stille, tiefe Stille, die berühmte Stille des 12. Arrondissements.

Und in dieser Stille: Keine Menschenseele, soweit das Auge reichte. Gut. Zeit für eine Bestandsaufnahme. Vier Möglichkeiten. Entweder war es in Passy Rose im beigen Mantel. Oder in Bel-Air Rose im apfelgrünen Blouson. Oder es war beide Male Rose, die sich in weniger als einer Stunde umgezogen hatte, um dieselbe Metrolinie in beiden Richtungen zu benutzen – was wenig wahrscheinlich war. Oder es war keinmal Rose – nur allzu wahrscheinlich. Komm, vergiss es. Fahr nach Hause. Steig wieder ein, fahr unter die Erde. Genau, kauf dir ein neues Ticket. Und schau nicht so.

Und die ganze lange Rückfahrt über, vierzehn Stationen, zweimal umsteigen, kam ihm die Metro noch schmutziger, noch deprimierender vor denn je, trotz allem Eifer des Reinigungspersonals. Bekanntlich war – Exkurs in die Geschichte – die fleckenlose Kachelung der Stationen, ganz wie in Kliniken, dazu gedacht, all die von der Tiefe verursachten beklemmenden Gedanken zu lindern, wenn nicht zu vertreiben – Dunkelheit, Feuchte, Miasmen, Krankheiten, Epidemien, Einstürze, Ratten –, indem sie diese Erdlöcher als makellose Badezimmer tarnte. Leider nur erzielte man den gegenteiligen Effekt. Es gibt nämlich einen Fluch der Badezimmer. Ist ein Badezimmer auch nur ein klein wenig schmutzig, wirkt es sofort schmutziger als jedes viel schmutzigere Nicht-Badezimmer. Auf einer weißen Oberfläche, Packeis oder Bettlaken, genügt ein Nichts, ein winziges verdächtiges Detail, um alles kaputtzumachen, so, wie eine einzige Fliege genügt, damit die ganze Zuckerdose Trauer trägt. Nichts ist so trist wie ein Schmutzrand zwischen zwei weißen Kacheln, genauso wie das Schwarze unterm Fingernagel oder Zahnbelag. Wieder zu Hause, sollte Max nicht mal mehr genug Courage haben, sich zu duschen.

Aber als er am nächsten Morgen auf die Straße ging, begegnete er wieder der Frau mit dem Hund. Sie trug diesmal ihre Basiseleganz – eine für das Wohnviertel bestimmte, auf halbem Wege zwischen den potenziellen Abendveranstaltungen und der Einkaufstracht –, und kaum hatte sie ihn erblickt, kam sie direkt auf ihn zu. Ah, Monsieur, sagte sie gleich, ich habe Sie gestern Abend im Fernsehen gesehen, zufällig beim Zappen. Sie hielt kurz lächelnd inne, wie um sich für dieses Wort zu entschuldigen. Ah, sprach sie weiter, ich habe gar nicht gewusst, dass in unserem Viertel so ein großer Musiker wohnt. Ich muss meinem Mann sagen (autsch, dachte Max nochmals), dass er Ihre Platten kaufen soll. Sie lächelte ihm erneut zu, anders als alle Male zuvor, dann ging sie auf ihren sehr dünnen Absätzen davon, und Max, der sich umdrehte und ihr lange nachsah, dachte, man kann doch sagen, was man will, die Musik ist doch für was gut.

12

Ein paar Tage darauf wirkte Max an einem Galakonzert mit, zu welchem guten Zweck, wusste er nicht mal so genau, aber Parisy hatte befunden, fürs Image wäre es nicht schlecht. Eine Reihe von Interpreten kamen nacheinander auf die Bühne, jeder für einen kurzen Auftritt, Max kannte sie fast alle, praktisch nur Kumpel, entspannte Atmosphäre, null Lampenfieber. Auch die Stimmung im Saal war sehr viel entspannter als sonst bei Konzerten: viele Familien, nicht sonderlich interessiert, enorm viele Kinder, überhaupt nicht das übliche Klassik-Publikum. Max hatte ausgerechnet Schumanns *Kinderszenen* zu spielen; als er an der Reihe war, setzte er sich inmitten einer erstaunlichen Konfusion ans Klavier: Aus dem Saal ertönte ein Durcheinander von Rufen, Geschwatze, Lachen und dem Geräusch von Verpackungen, die zusammengeknüllt wurden, so etwas hatte er noch in keinem Konzert gehört – denn man kann sagen, was man will, das Klassik-Publikum verhält sich meistens recht wohlerzogen, selbst wenn es etwas nicht gelungen findet, hält es in der Regel den Mund.

Ohne sich weiter darüber zu ärgern, hatte Max also in diesem Jahrmarktstrubel mit *Von fremden Ländern und Menschen* begonnen, bei den ersten Takten konnte er sich selber kaum hören. Während er aber weiterspielte, hörte er, dass das Rumoren sich verzog wie eine Wolke, die allmählich den blauen Himmel freigibt, er spürte, dass er drauf und dran war, die Zuhörer einzufangen, am Nasenring zu führen wie einen Stier, es zu konzentrieren, in Spannung zu versetzen, zu packen. Bald war die Stille im Saal ebenso sonor, magnetisch und nervös gespannt wie die Musik selbst, beide Strömungen verstärkten sich gegenseitig, vibrierten gemeinsam – ohne dass Max noch die geringste Herrschaft darüber hatte, was seine Finger auf den Tasten taten, ohne dass er wusste, woher das kam, von seiner Arbeit oder seiner Erfahrung oder eben sonst woher, wie ein Blitz, wie ein starkes, unvorhergesehenes Licht. Das Phänomen ist selten, aber es kann sich ereignen, und zwanzig Minuten später, als er mit *Der Dichter spricht* geendet hatte, gab es ein kurzes Innehalten, einen Moment verblüffter Spannung, dann brach ein Begeisterungssturm los, den Max gegen keinen noch so großen Triumph im Théâtre des Champs-Élysées hätte eintauschen mögen.

Champagner. Das ist ja auch das Mindeste, man muss sich ein bisschen stärken. Champagner, natürlich, aber sehr bald kamen die Organisatoren und baten Max auf allgemeinen Wunsch hin, ein paar Platten zu signieren. Natürlich, sagte Max, noch ein Gläschen, und ich stehe Ihnen zur Verfügung. Er ging wieder in den Saal zurück, wo man einen kleinen Tisch aufgebaut hatte, dahinter befand sich ein Stuhl, davor bereits eine ganz schön beeindruckende Warteschlange. Sehr schnell war Max' zwei Jahre alte Aufnahme der *Kinderszenen* ausverkauft, fast genauso schnell Schumann überhaupt, dann alles, was man an romantischer Musik dahatte, es war ein langes Defilee schüchterner Männer mit selbstgefälligem Lächeln, ergriffener Frauen mit zugänglichem Lächeln und sogar sehr ordentlich gekämmter Kinder mit ernstem Lächeln, und Max signierte, signierte, signierte, ach, wie oft schreibt man nicht im Leben seinen Namen.

Bald war die Reihe an einem Mann von ziemlich schöner Erscheinung, mit offenem Gesicht und Maßanzug, der drei Platten vor Max hinlegte und sich zu ihm hinunterbeugte. Sie kennen mich nicht, sagte er, ohne zu lächeln, aber Sie kennen meine Frau und meinen Hund. Max, der sofort begriff, wen er vor sich hatte, glaubte sein letztes Stündchen gekommen. Auch wir, die wir wissen, dass sein Tod bevorsteht, könnten geneigt sein anzunehmen, jetzt sei er fällig, aber nein, durchaus nicht, es läuft sogar eher gut. Die Gattin dieses Mannes hat ihm offenbar von ihrer kurzen nächtlichen Begegnung berichtet, was aber keinerlei Reaktion von Eifersucht oder gar mörderische Rachegelüste in ihm hervorgerufen hat. Der Mann übt selber, so erklärt er, einen Beruf aus, der in einer gewissen Beziehung zur Welt der Schönen Künste steht. Wem soll ich die Platten widmen?, fragt Max hoffnungsvoll. Sie sind für mich, sagt der Mann, ich heiße Georges, und ich bin allein hier, ohne meine Frau und ohne die Kinder. Heute wird Max also nicht den Vornamen der Frau mit dem Hund erfahren.

Das lief also alles gar nicht übel, aber Max war ein bisschen nervös, als er den Ort des Galakonzerts verließ. Er hatte zwar vor dem Auftritt mangels Lampenfieber nicht trinken müssen, dafür aber hernach nicht wenig Champagner geschluckt, zusammen mit den immer weniger zahlreichen Kollegen, bis keiner mehr blieb außer ihm und er seinerseits gehen musste, wonach er einsam durch ein paar Bars gestreift war, bis zur Schließung der letzten, und dann, na, irgendwann muss man auch mal ins Bett.

Es ist spät, es ist kalt, es nieselt oder pieselt, Max geht erstaunlich gerade durch die verlassene Straße, in der er wohnt, und da er, bevor er zu Hause anlangt, an Nummer 55 vorbeikommt, wirft er einen halbkreisförmigen Blick in die Runde, um zu schauen, ob der Mann der Frau mit dem Hund nicht etwa doch in einer Ecke steht, seine Meinung geändert hat und Max auflauert, um ihm zu schaden. Nein, niemand. Hätte er ihn doch besser hinter sich geworfen, diesen Blick, denn jäh fühlt er sich beim Mantelkragen gepackt und auf den Boden geworfen, und jetzt liegt er der Länge nach auf dem Rücken und auf ihm drauf zwei Kerle, mit Halstüchern maskiert – obwohl, Halstücher hin, Halstücher her, Max hat sich sowieso den Unterarm zum Schutz vor das Gesicht gezogen –, die sich daranmachen, ihn systematisch zu durchsuchen. Zu diesem Zweck reißen sie ihm gewaltsam den Mantel auf, so rücksichtslos, dass wieder mal zwei oder drei Knöpfe abspringen und gemeinsam gen Rinnstein kullern – wirklich, es wird immer deutlicher, dieser Frühling ist ein Herbst für Knöpfe.

Die Kerle leeren Max methodisch alle Taschen, und da ihr Opfer nach einer Weile findet, dass sich das doch ein bisschen lange hinzieht, kommt ihm die Idee zu schreien, oh, nicht wirklich zu schreien, nur so ein bisschen, man weiß ja nie, der Form halber, und vielleicht hört es ja tatsächlich jemand. Aber erstens bringt er nichts als einen dünnen, furchtsamen Ruf heraus, eine Art etwas wimmernder Klage, und außerdem fühlt er sofort eine Hand, die sich ihm auf den Mund presst und zum Schweigen bringt. Freilich, er könnte diese Hand wegdrücken und weiterschreien, sie ist recht klein und wirkt eher jungenhaft. Aber erstens fürchtet er, eine andere Hand, nicht unbedingt größer, aber bewaffnet, könnte ihm eine gründlichere Behandlung verpassen, vor allem aber spürt er den irgendwie dreckigen, irgendwie salzigen Geschmack dieser Hand auf den Lippen, die er folglich lieber schließt, schon aus hygienischen Gründen.

Aber um die Wahrheit zu sagen, gibt er jetzt sowieso irgendwie auf, er lässt es lieber einfach geschehen, plötzlich von einer ganz komfortablen, fast beschämend wohligen Resignation eingehüllt, im Gefühl der Nichtigkeit der irdischen Dinge. Genau wie wenn man, Gegenwehr ist zwecklos, den Anästhesisten gewähren lässt, der einem die Maske aufs Gesicht setzt, im perfekten Licht der Operationslampen und der idealen

Stille des OPs, unter den Blicken der vermummten Chirurgen. Genauso hier; obwohl diese Operation in aller Hast abläuft, hat Max den Eindruck, die Zeit würde sich ausdehnen, sich vervielfachen, als geschähe das alles in Zeitlupe, trotz der fiebrigen Nervosität der beiden Kerle über ihm.

Doch jetzt – er sollte das besser nicht tun, aber manchmal hat man eben solche ärgerlichen Reflexe – nimmt er den schützenden Unterarm von den Augen, um zu sehen, was das für Kerle sind, wahrscheinlich sind sie sehr jung, aber wie sehen sie aus. Da aber die Gesichter verhüllt sind, zuckt in Max Verärgerung hoch, und ohne sich bewusst zu werden, was er da tut, reißt er dem einen das Halstuch herunter. Er enthüllt ein recht weiches, tatsächlich sehr junges Gesicht, auf dem er nur gerade noch einen erschrockenen, gleich aber wütenden, indignierten und dann rachdürstigen Ausdruck sehen kann, ganz kurz erhascht er einen Blick auf den über ihm erhobenen Arm, in dessen Verlängerung ein langes schmales Stilett, das der demaskierte junge Mann, offenbar nicht weniger entsetzt als Max, ihm tief in den Hals stößt, gleich unterhalb des Adamsapfels. Das Stilett durchschneidet zunächst Max' Epidermis, dann in einer Bewegung Luft- und Speiseröhre, wobei es große Blutgefäße verletzt, darunter die Arteria carotis, Halsschlagader, und die Vena jugularis, Drosselvene, zwischen zwei Wirbel dringt – siebter Hals- und erster Brustwirbel – und Max' Rückenmark durchtrennt, und niemand ist da, um das alles zu sehen.

Alle Fenster sind dunkel in den umliegenden Häusern, alle Lichter gelöscht, niemand sieht zu außer dem Hund der Frau mit dem Hund, der im vierten Stock von Nummer 55 um diese Zeit noch wach ist. Es ist ein sanfter, der Meditation zugeneigter Hund, das war Max sofort aufgefallen, ein gutmütiger, nachdenklicher Hund, der unter Schlaflosigkeit leidet, nachts zum Zeitvertreib aus dem Fenster schaut und jetzt diesem betrüblichen Auftritt beigewohnt hat. Sollte dieses Tier dank seines gedankenvollen Charakters zu Visionen neigen, dann wird es jetzt womöglich sehen können, als Zugabe zum Schauspiel, wie Max' Seele sacht in den milden Äther emporsteigt.

II

13

Nein.

Nein, kein Emporsteigen, kein Äther, keine Geschichten. Anscheinend aber konnte Max, auch als er tot war, die Dinge immer noch wahrnehmen. Er befand sich nackt in einem Einzelbett, das zu einem Viertel einen kleinen dunklen Raum einnahm, dessen ockerfarben mit Patinaeffekt gestrichene Wände das Licht einer Bettlampe von niedriger Voltzahl aufsogen, die auf dem Nachttisch stand, deren Licht zusätzlich durch ein dunkelrotes, gefranstes, über dem beigen Lampenschirm gebreitetes Tuch gedämpft wurde. Nachdem er die Augen geöffnet und sich ein paar Minuten umgeschaut hatte, ohne viel zu sehen, zog Max das Tuch weg, ohne dadurch viel mehr von dieser neuen Umgebung zu erkennen. Weitere Minuten verstrichen, in denen er schwache Anstrengungen unternahm zu begreifen, was ihm widerfahren sein mochte, aber ergebnislos. Als letzter Ausweg stand er schließlich auf, kämpfte kurz gegen Schwindelgefühle, nahm dann seine Hose, die sorgsam gefaltet über einer Stuhllehne hing, schlüpfte hinein und ging zur Zimmertür, von der er ohne genauer benennbaren Grund annahm, sie sei abgeschlossen.

Nochmals nein. Zwar ließ sich diese Tür ohne weiteres öffnen, ging aber auf einen langen, leeren Flur hinaus, der mit geschlossenen Türen gespickt war, zwischen denen in regelmäßigen Abständen angebrachte Wandleuchten ihrerseits einen notlichtartig gedämpften Schimmer verbreiteten. Ein so langer Flur, dass sich seine Enden nicht ausmachen ließen, zu keiner Seite, er war so leer, dass er nichts war, nirgendwohin führte, nicht mehr Information lieferte, als wenn die Tür tatsächlich abgeschlossen gewesen wäre. Max, mit bloßem Oberkörper, wollte sie denn auch eben wieder zumachen, als er ganz hinten links am Ende des Flurs undeutlich eine Figur erkannte, in einen gelben Bademantel gekleidet, die sich ein wenig von der Wand abhob und ebenso wie er einen Schritt vor ihre Tür zu wagen schien. Max war sich unschlüssig, wie er sich jetzt verhalten sollte, winken oder sich verstecken, da er nicht wusste, was das für ein Jemand sein mochte, da sah er, wie sie beim Herannahen einer weiteren Gestalt jäh zurückzuckte.

Diese zweite Erscheinung, sie war weiß und wer weiß woher aufgetaucht, schien sacht, aber bestimmt Gelber Bademantel zu ermahnen, der sogleich verschwand. Weiße Gestalt, die sodann Max, der sie auf sich zukommen sah, zu bemerken schien, verwandelte sich beim Näherkommen in eine junge Frau mit Doris-Day-Figur, hoher Taille, Krankenschwesterkittel und hellem, hinten mit einem Band zusammengefasstem Haar. Mit derselben keine Antwort duldenden Sanftheit gebot sie Max, in sein Zimmer zurückzugehen. Sie bleiben da drin, sagte sie dazu mit Doris Days Stimme, Sie werden abgeholt. Aber, begann Max, ohne sich noch weiter erklären zu können, da die junge Frau diesen Ansatz zu einem Einwand sofort mit einem leichten Fingerflattern annullierte, als flöge zwischen ihnen beiden ein Vogel hindurch. Genauer bedacht, sah sie Doris Day sogar bestürzend ähnlich, dieser Typus von großer blonder, etwas milchiger Frau mit vollem, etwas fülligem Gesicht, üppiger Brust und großer Stirn, hervorstehenden Jochbeinen, großem Mund mit übermäßiger Unterlippe, womit sie ein permanentes begeistertes Chefinnenlächeln produzierte: eher mütterlich als erregend, verstrahlte sie strikte Moral und solide Gesundheit.

Wieder in seinem Zimmer, betrachtete Max dieses genauer. Viel Platz für Möbel über das Bett und den Nachttisch hinaus, beide aus Mahagoni, war nicht mehr: ein winziger Schrank, vielleicht aus Eichenholz, darin einige Sachen zum Wechseln in Max' Größe, eine elegante Ablage im Format eines Teetischs, der Stuhl, auf dem er seine Hose gefunden hatte, das war's. Nichts zierte die Wände; kein Nippes, keine Zeitungen, kein Buch in Sicht, keine Bibel des Gideonbunds in der Schublade des Nachttischs noch ein touristisches Faltblatt, aus dem hervorginge, wo man sich befindet, was man hier unternehmen kann und was es in der Gegend zu sehen gibt, samt allen Zeiten und Tarifen. Ein nüchternes, recht komfortables Zimmer also, wie man es wohl in gewissen als Orte der geistigen Einkehr ausgebauten Klöstern findet, Seelen zugedacht, die über ebenso komfortable Einkünfte verfügen. Ein klimatisierter, absolut stiller, weil leider fensterloser Raum, und er würde still bleiben, da er weder über Radio noch Fernseher verfügte. Eine Tür aus durchscheinendem Material führte in ein korrekt ausgestattetes kleines Bad, ein Spiegel über dem Waschbecken fehlte allerdings. Als Max versuchte, sein Spiegelbild in dem Material auszumachen, sah er verschwommen einen dunklen Fleck unten an seinem Hals. Nicht nur, dass irgendetwas ihn davon abhielt, ihn anzufassen, es öffnete sich auch noch ohne Vorwarnung die Tür für einen Besucher.

Dieser Mann war vielleicht ein wenig größer als Max, ganz sicher etwas dünner, sehr attraktiv und von eleganter Haltung, alles Dinge, die Max sonst unbedingt geärgert hätten. Er verhielt sich mit an Arroganz grenzender Lässigkeit, ähnlich wie etliche Typen, die ihm in seinem Berufsleben über den Weg gelaufen waren, künstlerische Leiter oder Werbemenschen von Schallplattenfirmen, Kritiker oder Produzenten von Festivals, die auf besonders entlegene Bereiche der Barockmusik spezialisiert waren. Seine leichte, fließende Kleidung stand ihm auch ein bisschen allzu gut, beiges Leinenensemble über anthrazitfarbenem T-Shirt, dazu Seglerschuhe. Er schien exzessiv auf sein Äußeres bedacht zu sein, auch seine Haartracht war kunstvoll lässig gestaltet – dicht, nach hinten gekämmt, mit einer diskret rebellischen Strähne. Manikürte Fingernägel, monatlicher Solariumbesuch und mit Peelingcreme behandelte Haut, er verströmte einen Hauch von Sportstudio und Coiffeursalon, Kosmetiksalon, Schneidersalon und sogar Teesalon. Guten Tag, Max, sprach er ohne Wärme, freut mich. Ich heiße Christian Béliard, aber Sie können mich Christian nennen. Ich werde mich um Sie kümmern.

All das – wer Max ein klein wenig kennt, der ahnt das schon – lässt auf nichts Gutes hoffen: Max mag es nicht so besonders, wenn Unbekannte ihn gleich beim Vornamen nennen, wie es die Amerikaner tun, er mag es nur halbwegs, dass dieser Unbekannte ihn so ungezwungen anspricht und dabei kaum anschaut, er mag überhaupt nicht die entspannte, äußerst professionell gleichgültige Attitüde, die dieser Unbekannte zur Schau trägt, wobei er sich, während er mit Max spricht, zerstreut im Zimmer umsieht, als wäre er zur Inspektion hier. Fehlt nur noch, dass er geduzt wird, wo man schon mal dabei ist. Außerdem sieht Max durchaus nicht ein, wie dieser Kerl, für den er unmittelbar heftige Abneigung verspürt, auf die Idee kommt zu behaupten, er müsse sich um ihn kümmern, und mit welchem Recht eigentlich. Er sähe es lieber, wenn man ihm erst mal höflich erklären würde, womit er so viel distanzierte Aufmerksamkeit verdient und was genau man hier tut, und was er selber, Max, hier tut. Aber Abneigung hin, Abneigung her, der Kerl scheint über genügend Intuition oder zumindest Ausbildung zu verfügen, um zu begreifen, was sich da spontan in Max' Nervensystem abspielt. Machen Sie sich keine Sorgen, sagt dieser Béliard und sondert ein halbes Lächeln ab, als er sich aufs Fußende des Betts setzt, alles wird ganz hervorragend laufen. Ich werde es Ihnen kurz erklären.

Aus seinen Erklärungen ging hervor, dass Max sich hier an diesem Ort gegenwärtig in einer Transitsituation befand. Hier, so meinte er zu begreifen, sei eine Art spezielles Orientierungszentrum, etwas wie ein Verteilerzentrum, in dem über sein weiteres Schicksal befunden würde. Für die Bearbeitung seines Vorgangs würde die dafür zuständige Kommission nicht länger als eine Woche benötigen, während der Max sich ein wenig ausruhen und die gesamte Infrastruktur des Zentrums nutzen konnte, Sie werden übrigens sehen, die Küche ist ganz vorzüglich. Was die Beschlüsse dieser Kommission anging, so waren die von ausgesprochen einfacher Natur: Einem Prinzip der alternativen Verpflichtung folgend, gab es nur zwei denkbare Beschlüsse. Je nach dem Ergebnis der Beratungen würde Max auf eine der beiden vorgesehenen Bestimmungen orientiert werden. Aber machen Sie sich keine Sorgen, sagte Béliard, die haben beide ihr Gutes. Wie auch immer, in fünf Minuten werden Sie besser verstehen, was ich meine. Ziehen Sie sich doch bitte an.

Sie verließen das Zimmer und traten in den Gang, den hinunter sich also zu beiden Seiten, durch Wandleuchten in Form von Fackelhaltern aus vergoldetem Holz voneinander abgesetzt, Türen wie die von Max' Zimmer aneinander reihten. Diese Türen waren nicht nummeriert, sie waren geschlossen bis auf eine, die eine ebenfalls mit seiner identische Zelle erkennen ließ. Offensichtlich wurde hier gerade geputzt, denn durch den Türspalt erblickte Max kurz von hinten zwei Zimmermädchen in Aktion, sie trugen blütenweiße Blusen und erstaunlich kurze Röcke, waren über einen Metallwagen gebeugt, auf dem sich Pflegemittel drängten und sauberes Bettzeug stapelte, Laken, Kissenbezüge, Waschlappen und Handtücher, darunter zerknitterte Bündel von schmutzigen Laken, Kissenbezügen, Waschlappen und Handtüchern, umweht vom gedämpften Jaulen eines Staubsaugers und einem leichten Duft von Luxus-Desinfektionsmittel.

Dann öffnete sich links eine weitere Tür, aus der die Krankenschwester kam, der Max vor einer halben Stunde begegnet war und die stehen blieb, als die beiden Männer vorübergingen. Max nickte ihr respektvoll grüßend zu, dann schaute er zu Béliard, dessen Gesicht sich verschloss. Die 26 ist recht unruhig, sagte die Schwester besorgt, ich weiß nicht mehr, wie ich mit ihm zurechtkommen soll. Hören Sie, sagte Béliard kalt, Sie wissen genau, die 26 ist ein etwas ungewöhnliches Exemplar, Sie kennen die passende Behandlung, oder etwa nicht? Ich weiß schon, antwortete die Schwester, aber ich habe alles versucht, nichts hilft. Das gehört nicht in mein Ressort, sagte Béliard, das fällt in Ihre Kompetenz, oder etwa nicht? Falls Sie denn eine besitzen, fügte er ätzend hinzu. Außerdem, Sie sehen doch, ich habe zu tun, wenn Sie nicht zurande kommen, reden Sie doch mit Monsieur Lopez, Sie können sich ja versetzen lassen. Ich glaube, in der Küche wird noch Personal gebraucht, bis später.

Man schied ohne Freundlichkeit. Die ist wirklich nicht übel, die Kleine, erlaubte sich Max zu bemerken. Unglaublich, die hat dermaßen was von Doris Day. Das ist Doris Day, sagte Béliard gleichgültig. Wie bitte?, fragte Max. Ja, sagte Béliard, also, ich meine, das war Doris Day. Warum, kennen Sie sie? Na ja, sagte Max und verzichtete darauf, sich zu wundern, sie ist doch ziemlich bekannt, ich habe sie in ein paar Filmen gesehen. Ich glaube, ich hatte sogar ein, zwei Platten von ihr. Ach stimmt, sagte Béliard gleichgültig, Sie haben was mit Musik gemacht, oder? Nicht ganz dieselbe Musik, sagte Max, aber ich interessiere mich durchaus auch für anderes, also ich meine andere Genres.

Er schwieg kurz, betrachtete seine Hände, setzte einen verminderten Septakkord in die Luft. Übrigens muss ich sagen, dass ich gern bald wieder drangehen würde, sprach er weiter, mein Instrument fehlt mir immer ziemlich schnell. Ach das, wendete Béliard ein, ich fürchte, das wird ein bisschen schwierig. Über das Problem müssen wir später nochmal reden, ich werd's Ihnen erklären. Was meinen Sie bitte?, fragte Max. Ich meine, erläuterte Béliard, dass Sie etwas anderes werden machen müssen. So ist das, wenn man hierher kommt. Ich kann nichts dafür, nicht wahr, gleiche Regeln für alle. Aber was soll ich denn machen, Max war verwirrt, ich kann nichts anderes. Wir finden schon was, sagte Béliard, wir finden immer eine Lösung, für jeden. Nehmen Sie zum Beispiel Doris, die hat sich auch umgewöhnen müssen, die hat auch einen neuen Beruf. Gut, sie hat sich für Krankenpflege entschieden, sie schlägt sich gar nicht so schlecht, es passt ja auch ganz gut zu ihrem Aussehen, aber wir können machen, was wir wollen, sie schafft es einfach nicht, so ein paar kleine Starallüren abzulegen. Von Zeit zu Zeit hat sie Rückfälle, dann muss man sie zurechtweisen. Ja, stimmt, sagte Max, mir ist auch aufgefallen, dass Sie beide sich nicht so gut verstehen. Nicht nur das, sagte Béliard, es liegt auch daran, dass ich diesen Typ Frauen nicht so mag. Was für einen Typ Frauen?, fragte Max. Ach, Béliard machte eine Handbewegung, die großen Blondinen und so. Kenn ich zu gut.

Ganz am Ende des Flurs tauchte eine Biegung auf, hinter der man eine Art großer Halle erreichte, in die von zwei Seiten durch zwei gegenüberliegende große Fensterflächen das Tageslicht einfiel. Durch die eine blickte man auf eine Stadt, die Paris wie eine Schwester glich, denn sie wies sämtliche klassischen Erkennungszeichen auf – Türme aus verschiedenen Zeiten und mit verschiedenen Funktionen, von Eiffel über Maine-Montparnasse bis Jussieu, Basilika und allerlei Baudenkmäler –, aber von sehr weit weg gesehen und in Draufsicht. Es war unmöglich zu erkennen, aus welchem Winkel man auf diese Stadt blickte und wo genau man sich befand, diese Perspektive war von keinem Max bekannten Punkt aus denkbar. Wie auch immer, da Paris oder sein Zwilling unter einem schwarzen synthetischen Regen zu ersticken schien, der sich aus prallen bräunlichen Umweltverschmutzungswolken ergoss, war das von dieser Seite hereinfallende Licht trübe, depressiv, fast erloschen, das von der anderen Glasfront her hingegen sanft, zärtlich und licht. Diese ging in der Tat auf einen endlosen Park hinaus, eine sanft gewellte Vegetationsmasse, die einen breiten Fächer aller möglichen Grünnuancen aufbot, von der dunkelsten bis zur hellsten: Hier und da leicht hügelig, unter einem milderen Himmel hingebreitet, schien diese Landschaft sich ins Unendliche zu erstrecken, weiter als das Auge reichte, ohne sichtbare Begrenzungen.

So, das ist mehr oder weniger das, was Sie erwartet, sagte Béliard und deutete in beide Richtungen. Das sind die beiden möglichen Orientierungen, nicht wahr, der Park oder der Stadtbereich. Einem von beiden werden Sie zugeteilt. Aber noch einmal, machen Sie sich keine Sorgen, es gibt weder eine schlechte noch eine gute Lösung, beide haben ihre guten Seiten und ihre schlechten. Gut, kurzum, ich habe ja schon gesagt, der Aufenthalt im Zentrum ist auf rund eine Woche veranschlagt. Ganz einfach, wir haben Donnerstag, nächsten Mittwoch sollte über Sie entschieden sein. Aha, sagte Max ohne viel Begeisterung, kann ich nicht einfach hier bleiben? Ich finde es hier gar nicht schlecht, ich glaube, ich könnte mich hier wohl fühlen, ich kann mich auch nützlich machen. Völlig ausgeschlossen, unterbrach ihn Béliard. Hier ist man nur vorübergehend. Und Doris?, staunte Max. Doris ist ein Sonderfall, sagte Béliard mit üblem Lächeln, sie ist eine Ausnahme. Sie genießt Protektion, wissen Sie, sie hat gewusst, wie sie sich unterbringt. Manchmal hat das System eben auch Schwachstellen, es gibt Gefälligkeiten, wie überall sonst. Max wagte nicht zu fragen, dank wem, noch dank welcher

Umstände Doris Day eine solche Vorzugsbehandlung genoss.

Als Max sich gedankenverloren das Kinn streichelte, gegen den Strich eines entstehenden Bartwuchses – seit wann genau war er nicht mehr rasiert?, wie viel Zeit lag zwischen der Szene auf dem Bürgersteig und seinem Erwachen?, konnte man sich irgendwo danach erkundigen? – und automatisch in seinen Hemdkragen greifen wollte, bremste Béliard rasch seine Bewegung. Kommen Sie nicht an Ihre Wunde, sagte er, um die wird man sich noch kümmern. Übrigens, er runzelte eine Augenbraue, näherte sich Max und betrachtete ihn mit professionellem Blick, sollte man sich möglichst bald darum kümmern. So kann man das nicht lassen. Bis dahin bleiben Sie auf Ihrem Zimmer. Den Weg kennen Sie ja.

Ja, sagte Max, aber ich glaube, ich habe ein bisschen Hunger. Könnte ich wohl etwas zu essen bekommen? Beim Zustand Ihres Halses ist das momentan nicht angeraten. Was ist denn mit meinem Hals?, fragte Max, ich spüre nichts, ich fühle mich gut. Das ist normal, sagte Béliard, bis zur Operation stehen Sie unter speziellen Medikamenten. Sie können später essen. Bis dahin ist es untersagt, irgendetwas zu schlucken, und wenn, würde es sowieso nicht hindurchgehen. Aber ich erledige das, gleich nachher kommt jemand und schaut nach Ihnen.

14

Max gelangte wieder in sein Zimmer, das man in seiner Abwesenheit ein wenig hergerichtet und mit einem durchaus sterneträchtigen Hotelkomfort versehen hatte. Auf dem Teetisch stand nun unter Zellophan ein Korb mit exotischen, aber verbotenen Früchten – Kiwi, Mango, Banane und etliche Papayas – und ein ebenso umhüllter Blumenstrauß.

Auch erklang unaufdringlich leise Hintergrundmusik, eine Auswahl traditioneller ruhiger Stücke, die nicht weiter störten, offenbar mit zentrumtypischer Sensibilität ausgewählt, und deren Lautstärke man, wie sich herausstellte, mittels eines in den Nachttisch integrierten Rädchens regulieren konnte.

Dort stapelte sich auch ein Dutzend Bücher, Max sah sie durch, sie waren samt und sonders in rotes Simileder gebunden, als stammten sie alle aus ein und derselben Firmenbibliothek, und die Auswahl folgte offenbar denselben Kriterien wie die der Musik. Eine Reihe klassischer Werke, Dante und Dostojewski, Thomas Mann und Chrétien de Troyes, solche Sachen, bemerkenswert war, dass sich auch ein Exemplar von *Materialismus und Empiriokritizismus* hierher verirrt hatte, in dem Max ein paar Minuten blätterte. Dann versuchte er nochmals vergeblich, seine Verletzung in der Mattglasscheibe des Bads zu untersuchen, beschloss, sich hinzulegen, widerstand der Versuchung, die Banane zu schälen, legte Lenin beiseite und schlug *Das befreite Jerusalem* auf, auf gut Glück mittendrin, es war eine ältere Übersetzung, die von Auguste Desplaces (1840).

Weit kam er mit dieser Lektüre nicht, recht bald klopfte es an seiner Tür. Sicher wieder Béliard, aber nein, er war es nicht. Sondern ein klassisch schwarzweiß gekleideter Zimmerdiener trat lächelnd ein, bonjour Monsieur, nur dass er statt des üblichen, auf der flachen Linken getragenen Tabletts mit einer Mahlzeit einen metallenen Ständer in der Hand hatte, an dem ein mit einer durchscheinenden Flüssigkeit gefülltes Gefäß befestigt war, aus dem wiederum ein biegsamer Schlauch mit einer Kanüle am Ende kam, kurz, er brachte das, was man einen Tropf nennt.

Dieser Zimmerdiener war wiederum ein groß gewachsener Junge mit gewelltem, glänzend schwarzem Haar und romanischem, ironischem Charmeurslächeln à la Dean Martin. Von nahem sah er übrigens absolut so aus wie Dean Martin, bis hin zu diesem Gang eines versierten Tänzers und den braunen, blau funkelnden Augen. Er ähnelte ihm so haargenau, dass Max, warum auch nicht, so weit war er nach dem Vorfall mit Doris Day schon, sich fragte, ob es sich vielleicht tatsächlich um das authentische Exemplar handelte: Im Bewusstsein, dass er sich auf ein heikles Terrain vorwagte, gestattete er sich doch das Risiko. Entschuldigen Sie bitte, sagte er, Sie sind nicht vielleicht zufällig Dean Martin? Leider nicht, Monsieur, antwortete der Zimmerdiener mit einem Lächeln, martinesker denn je, bedauerlicherweise nicht. Ich fände es selber sehr schön. Unglaublich, wie ähnlich Sie ihm sehen, bemerkte Max in entschuldigendem Tonfall. Ja, offenbar, lächelte der Zimmerdiener bescheiden, das hat man mir schon öfter gesagt. Würden Sie bitte den Ärmel hochkrempeln. Nein, bitte den rechten.

Die folgende Stunde über lag Max auf seinem Bett, während sich eine wässrige Lösung von Glukose, Vitaminen und Mineralsalzen in seinem Körper ausbreitete. Dann klopfte man wiederum – lieber Himmel, hört das denn gar nicht auf –, diesmal war es wieder Doris Days Lächeln, das mehr denn je nach Vegetarismus und Christian Science duftete. Sie war frisch und fröhlich wie je, hinter ihr kam ein junger Mann in Krankenträgerkittel, der seinerseits niemand Bekanntem ähnlich sah. Auf ihre Bitte hin zog Max sich aus, dann eine Art Kittelhemd an, setzte dazu eine Haube auf und schlüpfte in Übersocken aus bläulicher Synthetik, die wie Papier knisterten, dann legte er sich auf eine sehr hochbeinige Trage, auf der er sich dann wieder einmal, von dem jungen Mann angeschoben, durch den Gang bewegte. Diesmal in der anderen Richtung, bis hin zu einem Lastenaufzug, so groß wie ein Bettenfahrstuhl im Krankenhaus und so schnell wie ein Expresslift in einem Turm: Offenbar fuhren sie rasend schnell von sehr weit oben hinab, denn oben auf seiner Trage musste Max sich zwingen, mehrmals zu schlucken, um den Druck aus den Ohren zu bekommen, die bei der rasanten Fahrt ins dritte Untergeschoss immer wieder zugingen.

Erneut Gänge voll weißen Lichts, von Flügeltüren gespickt, deren eine sich auf einen OP öffnete, der sich in nichts von jedem anderen OP unterschied, und auch der Chirurg erinnerte an keinerlei Berühmtheit. Nur eine kleine Reparatur, erklärte der Arzt, indem er Max eine weitere Kanüle in den Unterarm stach, diesmal in den linken – wir werden Ihnen diesen Bereich restaurieren, eine kosmetische Operation, die Frage der Lebensfunktionen ist ja nicht mehr aktuell. Wir versäubern die Wunde, flicken die Stellen, an denen die Kehle verletzt ist, rekonstruieren die beschädigten Teile, vor allem hinten am Rückenmark, das ist eine empfindliche Ecke, dann machen wir alles wieder zu und maskieren das Loch, das die Waffe des Angreifers hinterlassen hat. Max war in den chemischen Schlaf abgetaucht, bevor der Arzt mit seinen Erklärungen fertig war.

Er erwachte jäh, brauchte einen Moment, bis er sein Zimmer wiedererkannte, identifizierte aber sofort Doris Day, die am Kopfende neben seinem Bett auf einem Stuhl saß und in einer Broschüre blätterte. Als er den Mund aufmachte, um etwas zu fragen, legte sie ihm den rechten Zeigefinger sanft auf die Lippen und den linken auf ihre eigenen. Noch nicht reden, sagte sie leise, dafür ist es noch zu früh, es könnte wehtun. Aber keine Sorge, das geht jetzt sehr schnell. In Ihrem Zustand geht die Heilung rasch. Sie werden sehen, morgen ist das Schlimmste vorüber. Obwohl er nichts begriff, nickte Max folgsam, warf einen Blick auf die Infusion, die wieder in seinem rechten Arm an Ort und Stelle war, dann schlief er wie ein Stein weiter.

Als er das nächste Mal die Augen aufmachte, war niemand mehr im Zimmer, das er jetzt augenblicklich erkannte. Kein Geräusch, nirgendwoher, offenbar hatte man die Hintergrundmusik abgestellt, um seinen Schlaf nicht zu stören, keine Ahnung, wie spät es war, welche Stunde des Vor- oder Nachmittags, des Tags oder der Nacht. Mangels anderer Tätigkeit rekapitulierte Max alle Informationen, die er seit seiner Ankunft im Zentrum hatte sammeln können, veranstaltete eine Synthese und dachte dann darüber nach, was ihm noch passieren konnte – in welche der beiden Zonen man ihn schicken würde. Allem Anschein nach, ästhetisch gesprochen, schien der Park eine gute Lösung zu sein, obwohl man erst mal noch genauer nachschauen musste, ob dieser Eindruck nicht trog. Da Béliard angedeutet hatte, die Entscheidung würde nach Aktenlage getroffen, blickte Max optimistisch in die Zukunft, voll Vertrauen in seine Lebensbilanz.

Denn, so meinte er, er hatte sich immer gut gehalten. Eine Rekapitulation seiner Existenz ließ ihn zu dem Schluss kommen, dass er nie schwer gefehlt hatte, in keinem Bereich. Freilich, er hatte unter Zweifeln gelitten, unter Alkoholismus und geistiger Trägheit, gewiss, er hatte den Verlockungen des Nichtstuns nachgegeben, sich zu kleineren Wutausbrüchen hinreißen lassen und gelegentlich der Hoffart nicht widerstanden, aber wie soll man das auch vermeiden. Insgesamt kam ihm das durchaus lässlich vor. Wenn man seinen Verdiensten gemäß in den Park eingelassen wurde, konnte Max sich schlechterdings nicht vorstellen, was dem entgegenstehen sollte, aber jetzt, ohne umfassende Informationen, war es sicher noch zu früh, über sein Schicksal Spekulationen anzustellen – und da geht auch schon die Tür auf: Béliard.

15

Und, tönte Béliard mit martialischer Chefarztstimme, wie geht es uns denn heute Morgen? Es war also Morgen. Dem des nächsten, wenn nicht übernächsten Tages. Doch bevor Max antworten konnte, klopfte es abermals, der Zimmerkellner, und diesmal trug er ein wirkliches und wahrhaftiges Tablett mit Speisen.

Wie Sie sehen, geht hier alles sehr schnell, bemerkte Béliard und hielt Max einen Taschenspiegel hin, es braucht nicht mal einen Verband, die Narbenbildung ist so gut wie abgeschlossen. Tatsächlich erkannte Max im Spiegel in der Vertiefung unterm Kehlkopf nur einen dünnen, blassen Strich, gesäumt von kaum sichtbaren Pünktchen. Sie können jetzt auch wieder etwas zu sich nehmen, fügte Béliard hinzu und deutete auf den Kellner, der flugs den Serviertisch freiräumte, das Tablett darauf abstellte und dann den Tropf abhängte. Nachdem er die Kanüle aus Max' Unterarm gezogen hatte, reinigte er die Einstichstelle rasch mit Alkohol, kurz mit dem Wischlappen über die Wachstuchdecke, hopp!, ein kleines Pflasterviereck drauf und wir reden nicht mehr drüber. So, sagte Béliard, das wäre geregelt, jetzt können Sie sich wieder anziehen.

Es ist nur eine schlichte Mahlzeit, Monsieur, entschuldigte sich der Kellner halblaut, während Max sein Hemd überstreifte. Wegen Ihrer Operation. Ganz leichte Kost, leider wirklich nichts Besonderes, das muss ich zugeben, bitte, uns das nachzusehen. Bald werden Sie wieder abwechslungsreichere Mahlzeiten genießen können. In der Tat, das Angebot bestand aus weißem Reis und gedämpftem Gemüse, dazu einer Scheibe gekochtem Schinken, Joghurt und Kompott, als Getränk Wasser. Ich hoffe, das trifft Ihren Geschmack?, erkundigte sich der Kellner und ordnete das Besteck sorgfältig als Klammer um den Teller an. Machen Sie's kurz, Dino, machen Sie's kurz, rief Béliard, der offenbar gern das Personal ärgerte. Sobald der Bedienstete seine Arbeit getan hatte, wollte Béliard ihn abrupt entlassen, doch Dino, da Dino nun mal hier war, legte keinerlei Eile an den Tag, sondern rundum nichts als distanzierte, lächelnde, gleichgültige und ruhige Gelassenheit.

Jetzt, da Sie sich erholt haben, sagte Béliard, werde ich Ihnen ein wenig das Haus zeigen. Sie benutzten denselben Fahrstuhl, der Max in den OP gebracht hatte, und während der Fahrt versuchte Max, Béliard ein paar Informationen bezüglich Dino zu entlocken. Warum?, fragte der andere kühl. Ich weiß nicht so, sagte Max, ich finde den Jungen sympathisch, ich finde ihn besonders. Ich kann Ihnen nichts sagen, sagte Béliard, er mag es nicht, wenn über ihn geredet wird. Ihm ist es lieber, wenn man nichts über ihn weiß, ich respektiere das. Die Leute haben in unserer Institution dieses Recht, aber ich will Ihnen nicht verbergen, dass ich mich manchmal über ihn ärgere, ich finde ihn manchmal doch ein bisschen allzu lässig.

Der Fahrstuhl hielt diesmal drei Stockwerke über der chirurgischen Abteilung, im Erdgeschoss des Zentrums. Sie gingen wiederum durch ein Netz von Gängen, breiteren, besser dekorierten – frische Blumensträuße auf Konsolen, neoklassische Statuetten auf Sockeln und Fantasielandschaften – und bevölkerteren: Zimmermädchen und Faktoten, Sekretärinnen mit Brille und Haarknoten, die, ihre Aktenmappen unter den Arm geklemmt, Béliard im Vorübergehen schüchtern und respektvoll grüßten, worauf er allenfalls mit einer knappen Kinnbewegung reagierte. Gänge, immer mehr Gänge, die endlich in einer riesenhaften Halle endeten, die taghell beleuchtet war von blendend glitzernden Kristall- und Bronzeleuchtern, dazu noch längliche pastellfarbene Glasfenster, und von hier führte eine monumentale Doppelwendeltreppe nach oben. Bitte sehr, sagte Béliard, das ist der Eingang zum Zentrum. In der Tat war jenseits einer Drehtür ein weites, mit Blumenrabatten und Springbrunnen durchsetztes Gelände voll Kies zu erkennen, wie man es häufig vor Herrenhäusern und Ähnlichem sieht, meist von großen Automobilen zugeparkt, mit Ölflecken aus deren Getrieben und Bremsstreifen von ihren Reifen geziert – doch hier, soweit Max es von seinem Standort aus beurteilen konnte, kein Fleck, keine Spur von irgendwelchen Reifen, kein Auto unter dem klaren Himmel.

Auch in der Halle und um sie herum schien kein Aufsichtspersonal beschäftigt zu sein. Kein Wächter, kein Wärter, nicht die kleinste Videokamera, ah, doch: Hinter dem Treppengehäuse erspähte Max eine kleine, diskret verborgene Pförtnerloge aus Glas, bis auf Leibeshöhe Mattglas, darin ein Schreibtisch, dahinter saß ein sechzigjähriger Mann in der traditionellen Kleidung der Grand-Hotel-Pförtner – weiße Weste, darüber schwarzer Gehrock, an dessen Kragenaufschlägen als Zier gekreuzte goldene Schlüssel – und wirkte verträumt, fern der Welt. Sie haben nicht viel Personal, wie's aussieht, bemerkte Max. Geht man hier rein und raus, wie man will? So einfach ist es zwar nicht, schränkte Béliard ein, aber mehr oder weniger schon. Wir funktionieren nach dem Grundsatz der Selbstdisziplin, wenn Sie so wollen, die Überwachung ist sehr zurückgenommen, jeder muss mit dafür sorgen. Ich kann Ihnen morgen den Park zeigen, wenn Ihnen das zusagt. Heute könnte ich Sie erst einmal dem Direktor vorstellen. Möchten Sie ihn kennen lernen? Oh ja, sagte Max, gute Idee, den Direktor möchte ich gern kennen lernen. Schauen wir erst mal, ob er überhaupt da ist, sagte Béliard und ging zu der Pförtnerloge: Sagen Sie bitte, Joseph, ist Monsieur Lopez zurzeit in seinem Büro?

Joseph bejahte, woraufhin sie diesmal die Treppe nahmen: Auf den Absätzen standen einige Pagen oder wuselten umher – sehr junge, kaum in der Pubertät befindliche Angestellte, gekleidet in mit Schnüren besetzten Husarenjacken und Hosen mit Glanznaht, weiße Kragen, weiße Handschuhe, Mütze –, die von Béliard und Max im Wesentlichen bei irgendwelchem Schabernack unterbrochen zu werden schienen. Im zweiten Stock wurde eine große Flügeltür von einem Amtsdiener bewacht, der Béliard tiefernst grüßte und ihn samt Max einließ: Nun durchquerten sie eine Flucht großer Säle, die mal menschenleer, mal in Großraumbüros aufgeteilt waren mittels gläserner Zwischenwände, hinter denen man hie und da eine über die Arbeit gebeugte Gestalt erblickte. Nachdem sie ein weiteres Vorzimmer überwunden hatten, klopfte Béliard an die nächste Tür, die sich sofort auf ein geräumiges Direktorenzimmer öffnete. Wir wollen dieses Büro nicht eingehender beschreiben, sondern nur einfach darauf hinweisen, dass Möbel und sonstige Einrichtung aufeinander abgestimmt und insgesamt im Stil der bisher von Max durchwanderten Räumlichkeiten gehalten waren, möglicherweise ein klein wenig stumpfer und trister, ein bisschen weniger sauber.

Doch so direktoral das Büro sein mochte, es befand sich in ihm einzig ein dünner, etwas gebeugter Mann, der über dicke gelbliche Aktenbündel geneigt stand, die auf einer Ablage verstreut lagen. Diese Person war von mittlerer Größe, das längliche, wächserne Gesicht ließ auf unausgewogene Ernährungsweise schließen, die grindigen Augen tränten ein wenig. Der Mann war von dem sorgenvollen Aussehen eines unterbezahlten, depressiven Notariatsgehilfen, der seine Sorgen eher zu bedauern als sich über sie zu ärgern scheint, aber resigniert hat. Es war dies wohl der Sekretär oder Buchhalter, oder einer der Untersekretäre und Unterbuchhalter des Direktors, nach dem man ihn ganz gewiss jetzt schicken würde.

Doch nein. Monsieur Lopez, sprach Béliard tatsächlich leise und respektvoll, dies ist Monsieur Delmarc, der seit kurzem bei uns ist. Er ist diese Woche aufgenommen worden, er wollte Sie kennen lernen. Ah, sagte der andere unkonzentriert und hob seinen verschüchterten Blick auf Max, nun, dann heiße ich Sie willkommen. Er stellte Max nicht einmal ein paar Fragen, nicht einmal der Form halber, er wirkte auf den ersten Blick eher verängstigt, schaute ratlos, wie von den Ereignissen überfordert – obgleich man sich fragen mochte, ob das nicht eine Strategie war, eine Pose, um in Ruhe gelassen zu werden, während er eigentlich besser als sonst irgendwer wusste, um wen es sich bei Max handelte. Wie war der Name, sagten Sie?, fragte er Béliard, der Max' Familiennamen für ihn wiederholte und buchstabierte. Ja, sagte Lopez, ich glaube, jetzt weiß ich Bescheid. Einen Moment. Wieder beugte er sich über die Ablage, stöberte in den verstreut durcheinander liegenden Unterlagen und zog schließlich eine Akte heraus, die er Béliard übergab. Der überflog sie erst rasch, dann las er sie unter allgemeinem Schweigen ein zweites Mal aufmerksamer durch.

Max hielt sich zwar in kluger Distanz, konnte aber dennoch einen Blick auf den Gegenstand werfen: Ein kariertes längliches Blatt im Format 125 x 200 mm mit vergilbten und leicht zerknitterten Rändern, fast gänzlich von einer feinen, gedrungenen Handschrift in brauner Tinte bedeckt. Ganz offensichtlich war es nicht mehr ganz taufrisch, wie die meisten anderen Schriftstücke, die sich auf Lopez' Konsole stapelten. Sie erinnerten an jene Blätter, die man früher in öffentlichen Bibliotheken studierte, bevor die Kataloge auf elektronische Datenträger übertragen wurden. Schau an, diese Bemerkung gestattete sich Max, Sie haben keine Datenverarbeitung? Frage ich Sie aus?, antwortete Béliard, ohne den Blick zu heben. Lopez hatte sich unterdessen hingesetzt und fegte mit seinem Handrücken unsichtbare Staubkörnchen von seinem Schreibtisch, den er mit leerem Gesicht anstarrte. Als Béliard seine Lektüre beendet hatte, bedachte er Max mit einem kurzen Seitenblick und händigte Lopez das Dokument wieder aus. Ja, sagte er, ich glaube, jetzt weiß ich auch Bescheid. Was haben die bloß, fragte sich Max, was soll es da schon so Besonderes geben.

In seinem Zimmer warteten zwei Spiegeleier auf ihn, flankiert von einer Flasche Bier und einer Melonenscheibe, erste diskrete Anzeichen für bessere Verpflegung. Das Frühstück am nächsten Morgen hatte deutlich mehr Format, das Abendessen war dann absolut eines teuren Restaurants würdig. Den ganzen zweiten Tag nach der Operation musste Max auf seinem Zimmer verbringen, er blätterte in den Büchern herum, die da lagen, aber ohne echte Überzeugung, und richtig lesen konnte er auch nicht, erst grübelte er, was es mit Lopez' Blatt auf sich haben mochte, dann, ab dem frühen Nachmittag, lenkte ihn die Langeweile ernstlich ab. Nach wie vor versah Dino mit lächelnder, heiterer Diskretion den Service, obwohl es immer noch unmöglich war, ihm auch nur das kleinste Wörtchen zu entlocken, dann kam Béliard zum Kaffee vorbei. Da es Abend war, erkundigte Max sich leicht besorgt bei ihm nach den Plänen für die nächsten Tage. Ich finde es hier allmählich ein bisschen öde, wissen Sie, gestand er ihm. Könnte ich nicht vielleicht hin und wieder mal etwas spazieren gehen? Aber bitte, Sie sind absolut frei, versicherte Béliard, Ihre Tür ist offen. Nichts hindert Sie mehr, im ganzen Haus zu gehen und zu kommen, wie Sie wünschen. Was Zeitvertreib im engeren Sinne angeht, das sehen wir später. Zigarre?

16

Der Beginn des nächsten Tages sollte dann ziemlich deprimierend sein. Nun war allerdings auch Sonntag, und selbst an einem derart weltabgewandten Ort wie dem Zentrum brachte der Sonntag seine übliche Wirkung hervor, Langsamkeit und Leere, blasse Zähigkeit, hohler, entnervter Hall. Erst einmal ein unendlich langer Vormittag, den Max im Zimmer verbrachte, über die Geschichte mit Lopez' Zettel nachsinnend, bis ihm eine jener kalten Mahlzeiten serviert wurde, mit denen man bedacht wird, wenn keiner mehr in der Küche ist. Und es wurde ihm nicht einmal serviert: Als er langsam Hunger bekam und in den Gang hinausschaute, wo denn Dino blieb, fand er das Tablett vor der Tür zu seinen Füßen, wie einen Fußabtreter. Béliard schien genau wie Dino seinen freien Tag zu genießen, es sei denn, er wurde bei einem Mittagessen aufgehalten, denn er schaute nicht wie sonst zum Kaffee bei Max herein. Dieser fühlte sich jetzt völlig von seiner Operation genesen und beschloss, nachdem er gegessen hatte, einen kleinen Gang durchs Zentrum zu machen. Mit einer gewissen Idee im Hinterkopf.

Ganz wie von selbst ging das nicht. Er musste mühsam auf sich allein gestellt den Weg rekonstruieren, den er zwei Tage zuvor mit Béliard zurückgelegt hatte. Im Gang, der noch leerer als sonst schon war, hallte es eisig wie in einem Internat zur Ferienzeit, wenn alle anderen mit ihren Familien weggefahren sind und man selbst allein mit dem Personal zurückgeblieben ist, als Strafe oder weil man keine Eltern mehr hat. Abgesehen davon sah Max auch niemanden vom Personal. Zwar meinte er einmal, in der Ferne einen Staubsauger brummen zu hören, schwaches Scheppern von Schrubbern im Eimer, aber da niemand zu sehen war, konnte es sich auch um eine von der Stille selber bewirkte leichte Sinnestäuschung handeln. Nun, umso besser. Ohne Probleme fand er den Fahrstuhl, dessen Türen schlossen sich – und nichts, die Maschinerie gab nicht das leiseste Geräusch von sich, Max war in einer höheren Stille gefangen, einer Stille in der Stille, einer Kubikstille, die nichts Gutes verhieß. Mit zitterndem Zeigefinger zielte er auf den Knopf fürs Erdgeschoss, drückte, und dann dauerte die Fahrt hinab so lange, dass wieder einmal sein ganzes Leben vor seinem inneren Auge vorbeiziehen konnte, bis das jähe Klingeln bei der Ankunft des Fahrstuhls ihn ein wenig zusammenzucken ließ.

Wie vorgestern öffneten sich die Aufzugtüren auf das Netz von Gängen, die besser dekoriert waren als in seiner Etage. Türen führten in die jetzt leeren Räume, und Max konnte auf der Schwelle innehalten und überlegen, was Büro war, was Ausstellungsraum oder mit Kaffeemaschine versehenes Versammlungslokal. Er wagte sich etwas weiter in einen geräumigen Festsaal vor, der von einer irgendwie sowjetischen Ästhetik war: Stuck und Zierleisten, dicke damastene Wandbespannung, Teppiche mit verschwommenen Motiven, ungeschlachte Möbel ohne jede Anmut, schwer von gutem Willen und mit Schutzdeckchen besetzt. Ganz hinten, da stand sogar ein Klavier. Ein großer Konzertflügel. Schau an.

Bei diesem Anblick wurde Max erst klar, dass er die Musik seit ein paar Tagen fast gänzlich vergessen hatte. Dabei war die Musik sein Leben, war es zumindest gewesen. Und mit Béliard hatte er sie nur einmal gesprächsweise erwähnt, als dieser angedeutet hatte, er müsse auf sie verzichten. Übrigens erinnerte Max sich, dass ihn diese Mitteilung in dem Moment nicht besonders erschüttert hatte, aber da, ein Klavier, immerhin. Ein Klavier. Max näherte sich ihm sehr langsam, wie man auf ein scheues Tier zugeht, als könnte das Instrument bei der leisesten, allzu jähen Bewegung kreischend davonfliegen. Er verspürte das Bedürfnis, die sonntägliche Béliardlosigkeit zu nutzen und zu schauen, was dieses Modell so auf dem Kasten hatte, er verspürte Lust, es zum Sprechen zu bringen, dieses Klavier. Aber zunächst blieb er umsichtig einen Meter weit davon entfernt stehen, um die Marke zu entziffern. Doch weder Gaveau noch Steinway, weder Bechstein noch Bösendorfer noch sonst etwas: keinerlei Blattgold-Signatur unterm Notenhalter. Eine dicke, anonyme, schwarz lackglänzende Maschine, einzelgängerisch und verschlossen. Immer noch auf Zehenspitzen, ging Max weiter, kehrte die Hände ratlos nach außen, aber als er behutsam mit den Fingerspitzen nach dem Klavier fasste, um den Tastaturdeckel hochzuklappen, schien der abgeschlossen und die Tastatur unerreichbar zu sein. Max versuchte es nochmals, er hätte den Deckel sogar gewaltsam geöffnet, aber nein, nichts zu machen, abgesperrt. Bernie mit seinen vielen Talenten hätte das Schloss wahrscheinlich im Handumdrehen mit einer Haarnadel geknackt, aber Bernie war fort. Auch Bernie war sein Leben gewesen.

Max konnte nicht mehr tun, als um den geschlossenen Flügel herumzukreisen, nicht öfter als zwei, drei Mal. Bereits ohne rechtes Zutrauen versuchte er auch, den Deckel hochzuheben, und sei es nur, um Resonanzboden und Rahmen zu untersuchen, um die Saiten zu streicheln, die Fingernägel wie auf einer Harfe darübergleiten zu lassen, aber vergebens: abgeschlossen wie der Rest. Während dieser zwei, drei Runden um den Flügel herum wuchs die gewisse Idee in Max' Hinterkopf heran.

Diese Idee veranlasste ihn dazu, ziemlich schnell und mühelos den Weg zur Eingangshalle zu rekonstruieren. Er schritt immer noch in dickflüssiger Stille voran, die sich nicht damit zufrieden gab, den Hall seiner Schritte zu verstärken, sondern auch verschiedene andere, unbestimmbare Geräusche produzierte, Quietschen und Grummeln, Schrillen, Jaulen, ferne Bässe, die verstummten, sobald Max bemerkte, dass ihr Ursprung nicht lokalisierbar war, dass der vielleicht sogar in ihm drin lag, dass sein Schädel ihr Resonanzraum war und sie in ihm ihr Echo entfalteten. Als er sich dann in der Halle wiederfand, war auch sie leer, kein einziger Angestellter: Nicht einmal der Portier in seiner gläsernen Loge war da. Trotzdem setzte Max, als er den Ort näher betrachtete, ein ganz harmloses Gesicht auf, zerstreut, aber offen für alles Bemerkenswerte, wie ein Tourist, der an einem Tag der offenen Tür in einem Schloss ohne Führer und ohne erkennbaren Plan kommen und gehen darf. Allerdings war sein Schlendern von einem Ziel geleitet: Er näherte sich immer wieder, in konzentrischen Kreisen und sozusagen ganz absichtslos, der Drehtür am Ausgang; als er sie erreichte, drückte er ganz sacht, um sich zu vergewissern, dass sie nicht abgeschlossen war; als dies getan war, drückte er fester, betrat sie und verließ sie wieder, als wäre das das Natürlichste von der Welt. Die drei Sekunden, in denen er sich unvermittelt zwischen den rotierenden Flügeln eingesperrt befand, spürte er eine klaustrophobische Anwandlung, während aber die kleine Idee seinen Hinterkopf verließ, heranwuchs und all seine Gedanken erfüllte – ich hau hier ab, mein Gott, ich hau hier ab.

Aber wohin? Keine Ahnung. Als er draußen war, wollte er erst einmal so schnell wie möglich so weit weg wie möglich, dann konnte man immer noch weitersehen. Das Draußen bestand aus einer Minimallandschaft: Hinter der gekiesten Auffahrt vor dem Zentrum erstreckte sich eine mehr schlecht als recht asphaltierte Allee, deren Belag sich mit fortschreitender Entfernung zu einzelnen Bitumenplacken auflöste, zwischen denen die Lücken, in denen bald büschelweise Unkraut wuchs, immer größer wurden. Diese Allee ging recht bald in einen steinigen, kaum mehr befahrbaren Weg über, rechts und links von trockenem Gestrüpp gesäumt, das aussah wie lauter Stabheuschrecken, zu allen Seiten nichts als unfruchtbares, gewelltes Land, und nichts anderes in Aussicht.

Diese Landschaft ähnelte in keiner Weise einer der beiden, die Max aus den Fenstern gesehen hatte; das hier war ein graues, neutrales und eher ungestaltes Zwischenstadium der Natur. Max beschloss, dem Weg zu folgen, ihn fröstelte ein wenig, aber eine Alternative hatte er schließlich auch nicht, ebenso wenig wie die geringste Vorstellung, wohin er wollte. Nach rund fünfhundert Metern fiel ihm ein, dass er sich ja mal umdrehen und das Zentrum anschauen könnte. Es war, wie die Aufzugfahrt es von drinnen hatte vermuten lassen, ein sehr hohes Gebäude, sicher vierzig Stockwerke hoch, praktisch ein Turm, eine graue Fassade, umgeben von etlichen Flügeln und Anbauten und lang gestreckten, niedrigen Nebengebäuden. Das Ganze musste ziemlich vielen Leuten Platz bieten.

Er war wohl zwei oder drei Kilometer weit über diesen verlassenen Weg auf dem flachen Land gewandert, als er hinter sich ein leises, knattriges Motorengeräusch vernahm, offenbar von einem Zweitakter, das lauter wurde. Max achtete darauf, so weiterzugehen, als ob nichts wäre, bis er den Motor dicht bei sich, in seinem Rücken, wieder leiser werden hörte, jetzt schnurrte er im Leerlauf. Nun musste er sich natürlich doch umdrehen: Es war eine Art Nutzfahrzeug, die Marke war Max unbekannt – wie bei dem Flügel war auch an dem Fahrzeug keine Firmenbezeichnung zu sehen. Ein kleiner Geländewagen ohne Verdeck, auf halbem Wege zwischen dem Mini Moke und den Wägelchen, die man auf Golfplätzen sieht, und er sah in seiner Schlichtheit sogar recht schick aus. Auf einen Blick erkannte Max am Steuer Dino, obgleich der seine Zimmerkellnerlivree gegen einen gut geschnittenen kobaltblauen Anzug ausgetauscht hatte. Dazu trug er einen Hut, den er leicht nach hinten schob, während er mit der anderen Hand die Beifahrertür aufstieß, wortlos, aber mit einem unwiderstehlich strahlenden Lächeln.

Es konnte absolut keine Diskussion geben, keine Frage, Max konnte nichts anderes tun als einsteigen und sich hinsetzen, ohne ein Wort zu sagen. Dino wendete das Gefährt und steuerte es ohne jeden Kommentar Richtung Zentrum, erst schweigend, dann, als das Schweigen lastend zu werden drohte, summte er leise eine Melodie, die Max sogleich erkannte – *The Night Is Young And You're So Beautiful* –, dann sang er sie wirklich mit Text, halblaut, und improvisierte mit den Fingerspitzen auf dem Lenkrad ein Schlagzeug. Nicht nur, dass Max den Song erkannte, er erkannte auch immer deutlicher den Klang von Dean Martins Stimme. Diese etwas komische Crooner-Stimme, lässig und begabt, die sich aber ihrer komischen Wirkung bewusst ist und sich zugleich selber darüber lustig macht: Dean Martin, sonnenklar, Dean Martin natürlich, das war ebenso unbestreitbar wie auch ganz schön einschüchternd, denn wirklich und wahrhaftig: Dean Martin.

Aber das war jetzt auch eine Gelegenheit, diesen Künstler etwas besser kennen zu lernen, wenn auch ohne selber zu zeigen, dass man ihn erkannt hatte, schließlich hatte er unmissverständlich deutlich gemacht, dass er auf sein Inkognito großen Wert legte. Dass Dino nicht identifiziert zu werden wünschte, war ja nun alles in allem seine Sache, und Max wollte ihm damit nicht auf die Nerven gehen. Aber sich ein bisschen unterhalten konnte man doch wohl, über Gott weiß welche anderen Themen, ich weiß ja nicht. Dino, sagte er, als der andere seinen Song beendet hatte, was halten Sie davon, sollen wir die Tage mal einen miteinander trinken? Ich würde Sie gern besser kennen lernen. Der andere, der bis dahin ganz entspannte Liebenswürdigkeit war, unterbrach sein Lächeln für einen Augenblick, allerdings ohne jede Feindseligkeit, und drehte sich höflich zu Max um: Niemand kann mich kennen lernen, Monsieur, antwortete er ruhig, und dann legte er wieder seinen strahlenden Zahnschmelz frei. Max hütete sich, ihn weiter zu bedrängen: Dino war ein stiller, geheimnisvoller Mann, wie Béliard gesagt hatte, und das musste man einfach respektieren.

Während sie aber aufs Zentrum zufuhren, unter einem Himmel fast so weiß wie dieses Lächeln, begann Max allmählich, sich den fürchterlichen Ärger auszumalen, der ihn dort erwarten würde. Disziplinarische Maßnahmen als Reaktion auf seine Flucht oder seinen Ausbruch – die Art des Vergehens blieb noch zu definieren – konnte man sich zwar kaum vorstellen, doch irgendwelche Sanktionen würde es wohl geben. Welche?

Bußübungen, Einsperrung, Verweise oder Zwangsarbeit, Berufung vor einen Disziplinarrat, gefolgt schlicht und einfach von Rauswurf, nur wohin konnte man ihn jetzt noch rauswerfen? Doch Dinos Verhalten ließ für den Moment nichts dergleichen befürchten, er klimperte unverändert gelassen auf sein Lenkrad – obgleich sein Verhalten nicht wirklich den Eindruck von Güte vermittelte, er schien viel eher drauf zu pfeifen, und zwar genauer gesagt auf alles zu pfeifen, und ganz offensichtlich schien er nicht nur.

Doch wieder zurück im Zentrum, wurde Max weder von einem Spalier gnadenloser Waffenträger noch von Spritzen zückenden Krankenpflegern erwartet und auch nicht in einen Kerker oder vor eine Versammlung von Herren in Schwarz gezerrt. Dino geleitete ihn nur ganz einfach in sein Zimmer, wo Béliard schon auf ihn wartete, der auf dem Einzelbett saß und gelassen auf seine Armbanduhr blickte. Max fürchtete Vorhaltungen, wenn nicht gar Drohungen, denn vielleicht hatte er ja überdies Béliard den Sonntag verdorben, den einzigen freien Tag der Woche – doch nein, er blieb ebenso liebenswürdig und ruhig wie Dino. Und sogar zuvorkommend. Als Max zu konfusen Erklärungen ansetzte, unterbrach ihn Béliard mit einer Handbewegung. Machen Sie sich keine Sorgen, sagte er, jeder versucht das früher oder später mal. Nein, eigentlich nicht jeder, schränkte er ein, nicht ganz jeder. Aber wissen Sie, wir haben nichts gegen eine solche Initiative. Im Gegenteil, das ist sehr gesund, das ist eine durchaus erfreuliche Reaktion. Vor allem beweist es, dass Sie völlig wiederhergestellt sind. Und wenn Sie jetzt bitte Ihre Sachen packen würden, fügte er mit einer halbkreisförmigen Geste hinzu. Ich habe keine Sachen, erinnerte ihn Max. Pardon, sagte Béliard, das war nur eine Redensart, wir haben Ihnen eine andere Unterkunft zugewiesen.

Wieder war Max auf das Schlimmste gefasst – finsteres Verlies, Gummizelle, Isolierhaft –, aber nein, durchaus nicht, offenbar hatte man sogar beschlossen, ihn besser unterzubringen als bisher. Sein neues Zimmer lag auf derselben Etage, es war größer und vor allem heller als das vorige, und es verfügte über eine doppelflügelige verglaste Terrassentür, durch die man auf einen Balkon gehen und dort einen weiten, unverstellten Blick über den Park genießen konnte. Heute Abend sollte Max das Abendessen noch einmal auf dem Zimmer einnehmen; Béliard, der ankündigte, ihn am nächsten Tag zum Mittagessen ins Restaurant einzuladen, gab ihm ein Fernglas, mittels dessen Max sich bis zum Abend einen ersten Eindruck vom Park verschaffen konnte.

Als er Max das Tablett mit dem Essen brachte, staunte Dino, der wieder seine Livree angelegt hatte, über das neue Zimmer, lobte ausgiebig die Möblierung, die funktionale Ausstattung und die Wandfarbe. Das ist viel besser als bei mir, bemerkte er, und dann noch dieser Blick, wow! Als er diesen Ruf ausstieß, ähnelte er dermaßen demjenigen, der er allem Anschein nach ja war, dass Max nicht mehr an sich halten konnte: Allez, Dino, rief er, bitte, geben Sie zu, Sie sind's. Wer, ich?

Die Miene des Kellners verdüsterte sich. Sie wissen ganz genau, was ich sagen will, Max war genervt, ich bin sicher, dass Sie es sind. Ich kenne Sie doch, ich habe Sie so oft im Kino gesehen, es ist noch keinen Monat her, da habe ich mal wieder einen Film von Tashlin mit Ihnen im Fernsehen gesehen. Ich hatte sogar Schallplatten von Ihnen. Also bitte, geben Sie's zu, es bleibt auch unter uns. Hören Sie, Monsieur, erklärte Dino entschieden, ich kann Sie wirklich gut leiden, aber ich wäre Ihnen äußerst dankbar, wenn Sie dieses Thema nicht wieder ansprechen würden. Ja?

17

Am nächsten Tag gegen halb ein Uhr mittags holte Béliard Max ab, damit Sie mal wieder unter Menschen kommen, erklärte er. Es ist nicht gut, wenn Sie immer nur isoliert in Ihrer Ecke sitzen, man soll sich nicht von der Welt abkehren, Kontakte mit anderen sind immer gut. Dies würde also die erste Mahlzeit sein, die Max außerhalb seines Zimmers einnahm, und als sie hinaustraten, begegneten sie auf dem Gang Doris. Sie schien eigentlich ohne Ziel und Zweck in der Gegend herumzutrödeln, als würde sie nur darauf warten, dass sie Max über den Weg lief. Zwar war dieser, wie wir schon sagten, von jeher alles andere als ein Verführer – nie sensibel genug für die eher unterschwelligen Signale, die an ihn ausgesandt wurden, da nie selbstsicher genug, um sie als solche zu erkennen, trotzdem war ihm, als würde Doris ihn genauer ansehen, ihn nachdrücklicher anlächeln. Sogar ihr Make-up und ihr Gang, geschmeidiger und tänzerischer als sonst, waren anders als die anderen Male, als wäre da was, also ich weiß nicht. Ach, was erzählst du da wieder. Was bildest du dir ein.

Das ist natürlich nicht das einzige Restaurant des Zentrums, aber es ist nicht schlecht, teilte Béliard mit, während er Max erneut durch ein Netz von Gängen führte; den Fahrstuhl nahmen sie diesmal nicht. Sonst würde es nie und nimmer reichen, fuhr er fort. Tatsächlich gibt es auf jeder Etage eines. Wir sind in Sektoren unterteilt, nicht wahr, die Leute sind nach geographischen Zonen zusammengefasst. Die, die Sie gleich sehen werden, haben nicht weit von Ihnen gelebt. Möglicherweise begegnen Sie sogar Typen, die Sie gekannt haben. Wie auch immer, die sind nur für eine Woche hier, wie Sie. Gut, sagte Max, aber warum nur Typen? Ach, meinte Béliard, habe ich's noch gar nicht erwähnt, das Zentrum ist nicht gemischt? Die Frauenabteilung ist woanders. Das mag ein wenig altmodisch wirken, ich weiß, der Punkt ist mit der Direktion schon ausgiebig diskutiert worden, aber im Moment ist es noch so. Wir werden sehen. Wir haben Zeit. Wir haben alle Zeit der Welt. Übrigens, da sind wir schon. Bitte, nach Ihnen.

Der Raum bot genug Platz für zwei-, dreihundert Personen, die um rund vierzig jeweils für sechs eingedeckte Tische saßen. Und zwar vor allem ältere Männer, natürlich, die langsam aßen und sich wenig darum kümmerten, was ringsum vorging, aber auch jüngere, manche in Max' Alter, die fröhlich nach mehr Wein verlangten. Unter ihnen befand sich ein größerer Prozentsatz von Unfall- oder Mordopfern und Selbstmördern, die meist schwerere Verletzungen aufwiesen – Stich- und Geschosswunden, Würgemale oder Schädelfrakturen. Die Chirurgen hatten diese Verletzungen zwar ebenso versorgt wie die von Max und kaum mehr wahrnehmbare Narben hinterlassen, aber bei manchen waren diese Stigmata doch deutlich zu sehen, und man hätte sich ein Spiel daraus machen können, anhand der besonderen Erscheinung eines jeden zu erraten, was ihm widerfahren war. Wie auch immer, diese Vergangenheit schien wem auch immer den Appetit nicht zu verderben. Gut, sagte Béliard, ich verabschiede mich. Man wird sich um Sie kümmern, ich stoße später wieder zu Ihnen.

Schon kam der Maître d'hôtel herbei und geleitete Max zu einem Tisch, an dem noch ein Platz frei war. Da Max auf den ersten Blick keinen seiner Tischgenossen erkannte und da keiner von ihnen die Initiative ergriff, ihn anzusprechen, sah er sich zunächst einmal Raum und Personal genauer an. Es war dieses also ein äußerst groß dimensionierter Saal, mit monumentalen Blickachsen und weiten Perspektiven, der in keinerlei Hinsicht an einen Speisesaal oder ein Kasino erinnerte oder an eine Kantine zur Massenverpflegung. Im Gegenteil, alles entsprach dem Stil eines sehr großen Restaurants – plissierte Vorhänge, üppige Kandelaber, Wasserfälle von Grünpflanzen in Hängekörben, makellose bestickte Tischtücher und Servietten, schweres, graviertes Tafelsilber, prismatische Messerbänkchen, feines Porzellan mit unentzifferbar verschlungenem Monogramm, funkelndes Kristall, mit Guillochen verzierte Karaffen und auf den Tischen kleine Kupferlampen und bunt variierte Blumensträußchen.

Dem Ganzen stand als Prinzipal der Maître d'hôtel vor, gekleidet in schwarzen Smoking, schwarze Fliege und weiße Weste, gestärktes Hemd mit Stehkragen, schwarze Strümpfe und schwarze Lederschuhe, nicht gelackt, mit Gummiabsatz. Ihm standen zur Seite mehrere Zweite Oberkellner in Frack, schwarzer Weste und schwarzer Hose, gestärktem Hemd mit Stehkragen, schwarzer Fliege, schwarzen Strümpfen und schwarzen Schuhen, nicht gelackt, mit Gummiabsatz. Diese führten ihrerseits eine Brigade von Chefs de rang an in zweireihigen weißen Spencerjacken, sehr weit ausgeschnittener schwarzer Weste, schwarzer Hose, gestärktem weißem Hemd mit Stehkragen, weißer Fliege, schwarzen Strümpfen und schwarzen Schuhen, nicht gelackt, mit Gummiabsatz. Der Flüssigkeitsstand in den Gläsern wurde ohne Unterlass von Sommeliers überwacht, sie trugen Sakko, Weste und Hose, alles schwarz, gestärktes weißes Hemd mit Stehkragen, schwarze Fliege, eine Schürze aus schwerem schwarzem Tuch mit aufgesetzten Taschen und ledernem Band; eine goldene Traube zierte als Abzeichen das linke Revers ihres Sakkos.

Weiter unten in der Hierarchie sorgten Commis de rang und Tafelabdecker für die reibungslose Verbindung zwischen Serviertisch, ihrem jeweiligen Chef de rang und dem Kulissenpersonal, all den Unsichtbaren hinten, wo wie in jedem Etablissement, das auf sich hält, unter Leitung eines Küchenchefs eine ganze Armee waltete und schaltete, Commis, Kaffeeköche, Durchreicher, Tellerwäscher, Silberverweser, Porzellanverweser, Glasverweser, Kellermeister, Buchhalter und Obstversorger – während sich oben an der Spitze der Pyramide der Restaurantdirektor befand, unauffällig am Rande des Saales auf und ab ging und alles aufs Genaueste überwachte, in Jackett und Weste aus grauem Marengo, gestärktem weißem Hemd mit Stehkragen, grauer Krawatte, gestreifter Hose, schwarzen Strümpfen, schwarzen Schuhen und makellos silbernem Haar.

Die Männer am Tisch, offenbar früher hier eingetroffen als Max und daher jedenfalls besser informiert, schienen sich mit den beiden Möglichkeiten – Park oder Stadtbereich – besser auszukennen als er; jeder stellte über seine Zukunft Vermutungen an, aber auch über die der anderen, bisweilen mit einer gewissen Perfidie. Man spekulierte knallhart, man schloss unter der Hand Wetten ab, Max lauschte. Solange er noch nichts von dem hier geltenden Prinzip der Geschlechtertrennung gehört hatte, hatte er ein ganz klein wenig mit der Vorstellung geliebäugelt, er könnte doch vielleicht hier im Restaurant Rose begegnen, aber gut, reden wir nicht mehr davon.

Da die Verweildauer jeweils eine Woche betrug, hatten manche, die schon seit fünf, sechs Tagen hier waren, Gelegenheit gehabt, miteinander ins Gespräch zu kommen und sich kennen zu lernen. Max wurde empfangen wie ein Neuling, dem man erst mal zeigen will, wo's langgeht, man reichte ihm ohne einen Blick das Salz, man sprach ihn so gut wie gar nicht an. Ein wenig Sympathie schien ihm nur vom Bratenaufschneider zuteil zu werden, der in seiner fleckenlosen Küchenuniform einen kleinen verchromten Rollwagen zwischen den Tischen umherschob und die Bratenstücke auf Maß herunterschnitt, nachdem er den Gästen das Gebotene präsentierte; offenbar hatte man heute die Wahl zwischen Stubenküken auf polnische Art und Rehsattel mit Cumberlandsauce. Nachdem Max für Stubenküken optiert hatte, verzehrte er das Menü bis zum Kaffee in der Erwartung, dass Béliard ihn abholen würde.

Später, im Aufzug: Na, haben Sie jemanden wiedergetroffen?, fragte Béliard. Nein, sagte Max, der im Restaurant niemand Bekanntem begegnet war, aber den die Anwesenheit von Doris und Dino im Zentrum – ungeachtet der Tatsache, dass Letzterer auf seinem Inkognito bestand – beeindruckt hatte; und er ließ ein wenig von seiner Enttäuschung darüber erkennen, dass er keine anderen Berühmtheiten zu sehen bekommen hatte. Ja, in Sachen VIPs war's das, sagte Béliard und erläuterte, dass es zwar eines der Prinzipien des Zentrums war, frühere Prominente als Teile des Personals zu recyceln, man aber dennoch eine Quote respektierte: nicht mehr als zwei pro Etage. Im Stockwerk unter Ihnen zum Beispiel, da sind Renato Salvatori und Soraya. Manche dieser verblichenen Berühmtheiten wurden auf Dauer engagiert und von der Alternative zwischen Park und Stadtbereich freigestellt. Eine risikofreie Situation, gewiss, aber auch eine zukunftsfreie.

Max wollte ihm eben diese Sicht der Zukunft erläutern, als das diskrete Klingeln des Fahrstuhls signalisierte, dass sie angekommen waren. Verlieren wir kein

Wort über die neuen Gänge, die diesmal zu einem Eingang führten, der sich von dem, durch den Max seine Flucht versucht hatte, weitgehend unterschied. Hier keinerlei Drehtürensystem wie in einem alten Kolonialhotel, keine Pförtnerloge, keinerlei Ausgang auf einen kiesbedeckten Hof: nichts als zwei hohe, breite Glastüren, die ebenerdig in die Natur führten. Was würden Sie von einem Verdauungsspaziergang halten? Sehr gern, sagte Max.

Zunächst einmal erstiegen sie eine Klippe, von wo aus Max die allgemeine Struktur des Parks ins Auge fassen konnte. Vor ihm erstreckte sich eine Vegetationsunendlichkeit, mehr oder weniger rund, aber von einer solchen Ausdehnung, dass ihr Umkreis die 360 Grad zu überschreiten schien. Sie war aus erstaunlich abwechslungsreichen, glücklich kombinierten Landschaften zusammengesetzt, eine Montage aus allen nur erdenklichen geomorphologischen Elementen – Täler, Höhen, Schründe, Canyons, Hochebenen, Gipfel und so weiter –, zwischen denen sich ein höchst differenziertes Wassersystem entfaltete: Hier und da ließ flüchtiges oder beständiges Funkeln auf Flüsse schließen, Ströme und Seen, Tümpel, Teiche, Wasserbecken und Fontänen, Wasserfälle und spiegelnde Flächen, und am Horizont hinter alldem erahnte man ein Meeresufer.

Als sie zum Fuß der Klippe hinabgestiegen waren, sah Max eine üppig wuchernde Vegetation, die sich bis zu diesem Horizont erstreckte, ein Konzert von Blumen und Pflanzen, in dem Arten zusammenspielten, die in den verschiedensten Breiten gedeihen – Kiefern neben Ulmen, Eiben neben Terebinthen –, wie man es in manchen portugiesischen Parks sehen kann, aber noch viel erschöpfender, so dass keine der schätzungsweise dreißigtausend Baumarten, die es auf Erden gibt, zu fehlen schien. Gehen wir ein bisschen weiter, sagte Béliard, schauen wir, was da hinten ist. Sie nahmen einen Weg von ganz entgegengesetzter Art als der, über den Max zu fliehen versucht hatte, er ging in der Blütenpracht schier unter und führte durch Obst-, Zier- und Waldbäume, stachlige Gewächse und Schlingpflanzen. Inmitten dieser enormen Flora durfte natürlich die Fauna nicht zurückstehen. Furchtsame Hasen hoppelten wie aufgezogen ins Gebüsch, vielfarbige Kolibrischwärme durchschossen den Himmel von Zweig zu Zweig, und auf mittlerer Höhe brummten erlesene Luxusinsekten – schillernde Libellen, Marienkäfer, wie lackiert, metallische Rosenkäfer. Darüber schwangen sich gewisse ungezogene Affen durch die Lianen und schrien dazu wie die Bekloppten, während andere Affen, ruhiger und disziplinierter, in den Bäumen Birnen pflückten, den Henkel eines hübschen Fruchtkorbs ordentlich in die Ellbogenbeuge gehängt.

In der Ferne erkannte man bald hie und da vereinzelt kleine Häuser zwischen den Bäumen, von ebenso verschiedener Art wie diese. Diese Gebäude wiesen zum Teil auf alle möglichen kulturellen Herkünfte hin, traditionelle von der Hütte zur Jurte, von der Isba zum Teepavillon, aber man sah auch zeitgemäßere Gebilde, aufblasbare Dinger aus Polypropylen, Kommandokapseln aus Beton mit verglastem Cockpit, mobile Container oder Plastikkapseln mit selbsttragender Karosserie – sogar ein Algeco-Mobilmodul war dabei. All diesen Wohnstätten waren zwei Besonderheiten gemein. Sie waren von geringer Größe, für ein oder höchstens zwei Personen gebaut, außerdem schienen sie allesamt rasch ab- und wieder aufbaubar zu sein, wenn sie nicht ohnehin auf Rädern standen. Als Max darüber staunte, erklärte Béliard, die geographische Mobilität der Bewoh ner mache einen Teil ihrer Lebensweise aus, die großen Dimensionen des Parks erlaubten ein solches Nomadentum. Diese weit in der Landschaft verstreuten mobilen Unterkünfte hielten sich meist in einiger Entfernung voneinander, andere, sesshaftere wiederum, waren in den Baumkronen errichtet und bildeten ein mit hängenden Fußwegen verbundenes Netzwerk von Platane zu Sequoia.

Doch all diese Behausungen, in oder bei denen man auch bisweilen einige Bewohner erkannte, sah Max nur aus der Ferne. Könnten wir nicht ein bisschen näher herangehen?, fragte er. Nein, sagte Béliard, können wir nicht. Man darf sie nicht stören, das mögen sie nicht. Sie schätzen ihre Ruhe. Außerdem haben Sie nur Besucherstatus, nicht wahr, ich darf Sie nicht mit den Bewohnern zusammentreffen lassen. Aber so viel kann ich Ihnen sagen, sie leben ruhig, jeder in seinem kleinen Heim, dessen Stil er gewählt hat. Das System gefällt. Da der Park sehr ausgedehnt ist, kann man in Frieden leben, man steht sich nicht gegenseitig auf den Füßen. Aber manchmal treffen sie sich. Sie haben Ausrüstung für sportliche Aktivitäten, es gibt Golf- und Tennisplätze, an den Seen Wassersportclubs und so weiter. Ich muss schon sagen, sie leisten ganz ordentlich was. Von Zeit zu Zeit organisieren sie auch kleine Konzerte, Vorführungen, aber an denen muss natürlich keiner teilnehmen. Jeder, wie er will. Ich kann Ihnen ja trotzdem mal eine Wohnung näher zeigen. Wir können kurz reinschauen, im Moment wohnt da niemand.

Er geleitete Max zu einem winzigen, angelsächsisch anmutenden Cottage, das umgeben war von einem Gärtchen, das unter den flüchtigen Regenbögen der sprühenden Bewässerungsautomatik von Rosen und Anemonen, von Phlox und Venushaar, von Spinnenblumen und Mohn nur so überquoll, im Schatten von Lentisken und Amberbäumen. Sehen Sie doch nur, wie hübsch!, freute sich Béliard, sie können sogar ihren Garten bestellen. Außerdem gibt es im Park Obstbäume, so viel man nur will, wissen Sie, man kann ruhig von allem essen. Na ja, ich sage von allem, aber es ist doch größtenteils Papaya. Weil es hier so gut wie keine jahreszeitlichen Unterschiede gibt, nicht wahr, das Klima ist ideal. Also wachsen die Papayas unglaublich, sie hören gar nicht auf. Ganz unter uns gesagt, Papaya muss man mögen, ich persönlich kriege davon Beschwerden. Kommen Sie, ich zeige Ihnen doch noch ein paar ungewöhnlichere Häuser, wir nutzen die Gelegenheit, es ist niemand dort. Kein Wunder, denn sie sind weniger komfortabel, sie dienen vor allem für vorübergehende Aufenthalte.

So konnte Max also nacheinander bewundern: eine auf Eichenpfosten gebaute Loggia mit Balken aus Kastanien- und Ständern aus Weidenholz, das Ganze gedeckt mit Kiefernnadeln auf Korbweidengeflecht; eine Rundhütte, deren Zimmerwerk, Wände und Dach aus nichts als Schilf-, Bambus- und Binsengeflecht bestand; eine Hütte, deren Boden bedeckt war mit Matten aus Palmblättern, mit Ziegenwolle verflochten, und deren aus schwerem Tuch bestehende Wände und Dächer durch dicke verbundene Seile getragen wurden; einen konischen Unterstand, dessen steil aufragende Konstruktion auf einem Fundament aus Ziegelsteinen stand, die mit einem Putz aus Schlamm, zerhackten Gräsern und Pferdemist bestrichen und mit einer Mischung aus Torf und Kuhdung vermörtelt waren.

Hat schon alles ein bisschen was von Völkerkundemuseum, gab Béliard zu, ziemlich ethnographisch das Ganze, ich glaube, dabei belassen wir's. Aber es gibt auch weniger abseitige Sachen, sehen Sie. Tatsächlich sah Max, als sie weitergingen, mediterrane Landhäuschen, Fischerunterstände und Arbeitergärten und sogar, noch stärker improvisiert, umfunktionierte Wohnwagen, Waggons und Lieferfahrzeuge, umgebaute Bunker und Flakstände, auf den Kopf gedrehte Bootsrümpfe. Wie Sie sehen, sagte Béliard, gibt es hier alles, ganz dem Wunsch der Kunden entsprechend. Ja, sagte Max, und wie wird geheizt? Alles ist klimatisch sehr gut geregelt, lächelte Béliard, man braucht hier keine Heizung, niemals, und auch keine Ventilatoren. So weit erst mal, schloss er, nur um Ihnen eine kleine Vorstellung vom Park zu vermitteln, wie auch immer, morgen werden Sie zugeteilt. Aber so sehen Sie schon mal, wie gut Sie's vielleicht haben könnten, nicht? Ja, gab Max zu, das Einzige ist nur, ich hätte wahrscheinlich ein bisschen Angst, mich zu langweilen. Ja, sagte Béliard, das ist natürlich der Haken. Gut. Na, es wird allmählich spät, ich glaube, wir gehen mal wieder.

Im Gang vor seinem neuen Zimmer begegnete Max Doris schon wieder. Sie blieb neben ihm stehen, lächelte breit, brauchen Sie irgendwas? Alles in Ordnung, säuselte Max, alles in bester Ordnung. Und, haben Sie den Park besichtigt, haben Sie gesehen, wie hübsch es dort ist? Großartig, bestätigte Max, wirklich schön. Na, dann werd ich mal, informierte ihn Doris, meine Schicht ist um, ich wünsche Ihnen eine gute Nacht. Gute Nacht, sagte Max, gute Nacht. Man verließ einander mit immer längerem Lächeln, immer tieferen Blicken. Dann war Max noch keine drei Minuten in seinem Zimmer, als es klopfte. Wieder war es Doris, sie verschaffte sich unter einem durchschaubaren Vorwand Zutritt, angeblich hatten die Putzfrauen etwas vergessen, das sie dann vergeblich suchte, dann drehte sie sich schwungvoll zu Max um und fiel ihm entgegen jeder Erwartung in die Arme. Und so kam es, dass Max Delmarc eines schönen Abends Doris Day besaß.

18

Liebesnacht mit Doris Day.

19

Am nächsten Morgen wachte Max sehr spät auf, allein im Bett. Erst drehte er sich noch ein, zwei Mal um, mit geschlossenen Augen, und als er einen ersten Gedanken fasste, war das spontan die Erinnerung an die vergangene Nacht. Auf den ersten Blick war dieses Ereignis mit Doris dermaßen unwahrscheinlich, dass ihn der Verdacht beschlich, es müsse sich um einen Traum gehandelt haben, doch dann öffnete er ein Auge, setzte sich abrupt im Bett auf seinen Hintern und untersuchte die Laken, deren Zustand die Wirklichkeit der Sache bezeugte. Er ließ sich wieder auf den Rücken fallen, zog die Decke über sich und seufzte befriedigt. Nachdem er dann die Höhepunkte der Nacht noch einmal vor seinem inneren Auge hatte Revue passieren lassen, meldete sich der zweite Gedanke: Heute ist es so weit, erinnerte er sich. Heute war es, laut Béliard, dass er über seine zukünftige Bestimmung unterrichtet würde.

In der Erwartung dieses Urteilsspruchs zog Max noch einmal Bilanz, wie schon nach seiner Operation, diesmal aber strenger kanonisch: erschöpfende Gewissenserforschung, einem anerkannten Schema folgend. Fassen wir also zusammen: Ich habe niemals irgendjemanden getötet, praktisch niemals irgendetwas gestohlen, keinerlei Erinnerung an falsch Zeugnis, und geflucht habe ich nur selten. Ich habe immer darauf geachtet, den Feiertag zu heiligen, und was meine Eltern angeht, habe ich getan, was ich konnte. Die Frage des Ehebruchs zu studieren hatte ich zwar keine Gelegenheit, dafür aber schon ganz allgemein das Begehren von meines Nächsten Eigentum, Gattinnen inklusive, da war ich vielleicht nicht immer ganz makellos. Aber bitte, lassen wir die Kirche im Dorf. Dann bleibt natürlich noch die Frage des Herrn, meines Gottes, aber da war ich schon auch korrekt. Skeptisch, aber ehrlich. Zögernd, aber respektvoll. Abgesehen davon kann ich nichts erkennen. Ja, zugegeben, manchmal habe ich zu viel getrunken, aber erstens habe ich da wohl mildernde Umstände wegen meines Berufs, und außerdem bezieht sich ja wohl keins von den Zehn Geboten direkt auf Alkohol. Und sonst? Im Guten und Ganzen habe ich mich ordentlich geführt, würde ich sagen. Müsste funktionieren. Müsste gut gehen. Obwohl, ich weiß gar nicht, ob der Park mir so rundum zusagt, aber wir werden sehen.

Recht zufrieden mit diesem Überblick, spulte Max nochmal den Film seiner Nacht mit Doris ab. Wirklich, sie war großartig im Bett, sehr fantasievoll, soweit er das beurteilen konnte, er, dessen ganze Erfahrung im Leben aus zwei, drei unglücklichen Liebesgeschichten und ein paar Nutten bestand, er konnte nur annehmen, dass sie wirklich viele Einfälle gehabt hatte – obwohl man in dieser Disziplin, auch wenn man sich verausgabt, nicht mehr als zehn oder zwölf mögliche Einfälle plus Variationen haben kann, in diesem Rahmen ist es eh immer mehr oder weniger dasselbe. Aber trotzdem, einen guten Teil der Nacht über hatte sie ihm dermaßen ausgeklügelt und kundig einen geblasen, nein, als Max früher ihre Lieder gehört hatte, hätte er nie geahnt, dass sie zu solchem Raffinement fähig wäre, bei all ihrem künstlerischen Talent nicht. So hätte er sie nicht eingeschätzt.

Es war schon kurz vor Mittag, und er lag noch im Bett und hing diesen Überlegungen nach, als Béliard das Zimmer betrat, mit einem ungewohnten, wenn auch sehr zurückhaltenden Ausdruck im Gesicht, auf halbem Wege zwischen Widerwillen und Amüsiertheit. Alles in Ordnung?, fragte Béliard, Sie haben gut geschlafen? Nicht schlecht, antwortete Max und fragte sich, ob der andere zufällig über die Details seiner Nacht informiert war. Gut, sagte Béliard schroff, ich habe das Ergebnis. Ich komme es Ihnen mitteilen, man hat heute Morgen den Beschluss gefasst. Schießen Sie los, sagte Max.

Es tut mir Leid, sagte Béliard, man hat Sie dem Stadtbereich zugeteilt. Ja, gut, einverstanden, sagte Max und fragte sich nochmals, ob seine Nacht mit Doris möglicherweise in die Waagschale gefallen war, als Verletzung des Prinzips der Geschlechtertrennung, das ja auch eine Intoleranz gegenüber allem Geschlechtlichen zur Folge haben mochte. Aber wennschon. Trotzdem, die leichten Reserven, die er gegenüber dem Park an den Tag gelegt hatte, waren eher die Frucht einer gewissen Koketterie, denn er hatte es für gegeben angenommen, dass er sowieso in den Park geschickt würde, und so beschlich ihn ein wenig Unruhe. Über diese Geschichte von wegen Stadtbereich hatte man ihm eigentlich wenig Genaues erzählt, außerdem, was war das für ein idiotischer Name, den sie da von den alten Metrotickets übernommen hatten.

Ich gebe zu, dass ich das nicht so ganz verstehe, sagte er, das kommt mir ziemlich ungerecht vor. Nach dem Leben, das ich geführt habe, ganz im Dienste der Kunst, hätte ich mit mehr Milde gerechnet. Wissen Sie, Béliards Gesicht wurde sanfter, ich will Ihnen nicht verbergen, dass es in den Urteilen immer einen gewissen Anteil Willkür gibt. Es geht nicht automatisch. Es läuft oft so wie jetzt, es ist fast üblich so. Und es gibt keine Möglichkeit, Max hüstelte. Nein, sagte Béliard. Das hingegen ist absolut unüblich. Aber machen Sie sich keine Sorgen, nehmen Sie es nicht übel auf. Abgesehen davon, ganz unter uns gesagt, der Park so immer tagaus, tagein, das ist auch nicht lustig, das kann auch schon mal ein bisschen langweilig werden. Natürlich, die Sonne scheint die ganze Zeit, aber Sie sehen das doch sicher auch so, das Beste an der Sonne ist der Schatten. Manche halten die Sonne anfangs sogar überhaupt nicht aus, aber irgendwann gewöhnen sie sich dran. Was bleibt ihnen sonst auch übrig.

Gut, sagte Max, ich bin ja einverstanden, aber was bedeutet das genau, diese Geschichte von wegen Stadtbereich? Ganz einfach, sagte Béliard, die Leute machen sich immer eine Menge Gedanken deswegen, aber Sie werden sehen, es ist auch gar nicht so schlecht. Sie werden schlicht nach Hause zurückgeschickt, fertig. Also wenn ich sage nach Hause, meine ich Paris, ja. Und bis wann, fragte Max besorgt, wann hört das auf? Das ist der springende Punkt, sagte Béliard, es hört nicht auf. Das ist sozusagen das Prinzip des Systems, wenn Sie so wollen. Aber falls Sie das beruhigt, vergessen Sie nicht, für die im Park hört es auch nicht auf. Und als Max sich damit trösten wollte, dass eine solche Rückkehr ihm gestatten würde, die ihm Nahestehenden wiederzusehen, Leute zu treffen und wieder ein normales Leben zu führen, kam Béliard seinen Gedanken prompt zuvor.

Im Stadtbereich gelten nur drei strenge Regeln, erläuterte er. Erstens ist es verboten, Kontakt zu Personen aufzunehmen, die man zu Lebzeiten gekannt hat, dann ist es verboten, sich wiedererkennen zu lassen, und schließlich ist es verboten, alte Bande wieder aufleben zu lassen. Aber das, sagte Béliard komplizenhaft, dürfte ja keine Probleme mit sich bringen. Und warum nicht, wollte Max wissen. Weil man kleine Details an Ihrem Äußeren modifizieren wird, teilte Béliard ihm mit, Kleinigkeiten. Aber machen Sie sich nichts draus, es ist sehr diskret. Das will ich nicht, begehrte Max auf, ich weigere mich. Ich sage doch, machen Sie sich keine Sorgen, sagte Béliard. Als man Sie neulich herrichtete, hat man bereits ein paar kleinere Dinge geregelt, mit plastischer Chirurgie. Was? Max fasste sich verängstigt ins Gesicht. Sehen Sie, sagte Béliard, Sie haben es nicht mal bemerkt. Es wird jetzt noch einen Eingriff geben, nichts Kompliziertes, leichte Korrekturen, ein paar kleine Retuschen, und danach wird kein Mensch Sie wiedererkennen. Also, um das Äußere kümmern wir uns. Ich sage es noch einmal, nichts Schlimmes. Und seien Sie beruhigt, das wird für Sie nicht groß was ändern. Die Leute machen sich keinen Begriff davon, wie angenehm es sich inkognito lebt.

Der nächste Punkt ist, dass Sie auch eine andere Identität annehmen müssen, versteht sich. Darum müssen Sie sich allerdings selber kümmern, um die Papiere und so. Also, wandte Max kläglich ein, damit kenne ich mich nicht aus, wie soll das gehen, ich weiß nicht, wie ich das anfangen soll. Nicht mein Problem, sagte Béliard trocken, wieder schroff, aber, als er Max' bestürzte Miene sah, suchte er schließlich in seiner Tasche und zog ein Heftchen heraus, in dem er blätterte. Ich könnte Ihnen ja eine Adresse geben, sagte er, aber das ist in Südamerika, und ich weiß nicht mal genau, ob die noch aktuell ist. Trotzdem, ich werde versuchen, Ihnen ein kleines Praktikum in der Ecke zu organisieren. Aber ich kenne mich in dieser Gegend überhaupt nicht aus, wiederholte Max, ich weiß nicht mal, wie ich da hinkomme. Wir gehen Ihnen am Anfang ein bisschen zur Hand, sagte Béliard, aber danach müssen Sie sich selber durchschlagen. Gut. Die dritte Regel verbietet, das habe ich ja schon einmal angedeutet, seinem früheren Beruf nachzugehen. Im weiteren Sinne, nicht wahr, bezieht sich das auf jede berufliche Tätigkeit, die mit Ihrer verwandt ist. Sie werden nicht mehr den Künstler spielen können wie bisher, verstehen Sie, Sie werden einen normalen Beruf ausüben müssen, wie jeder andere auch. Da werden Sie was finden müssen. Aber auch da bekommen Sie anfangs ein bisschen Unterstützung. Und Geld?, fragte Max. Dafür ist gesorgt, antwortete Béliard, Sie bekommen eine kleine Starthilfe. Tja, ich glaube, das war alles, Ihr Operationstermin ist in zwanzig Minuten, gleich danach brechen Sie auf. Ich komme Sie dann holen.

Kaum hatte er die Tür geschlossen, da ging sie wieder auf, und es erschien Dino, sein Lächeln eine Nuance unter dem sonstigen Register. Also Sie verlassen uns, Monsieur, sagte Dino ernst. Ja, antwortete Max sorgenvoll, die schicken mich wieder nach Hause, ich weiß nicht so genau, was mir bevorsteht. Ich habe schon gehört, Monsieur, es tut mir sehr Leid. Dino, Max hatte einen Einfall, könnte ich vielleicht ein Gläschen haben, ich glaube, das würde mir jetzt gut tun. Ich fürchte, das ist schwierig, Monsieur, sagte der Kellner, Ihr Aufenthalt ist beendet. Ehrlich gesagt, ich bin hier, um das Zimmer für den nächsten Gast herzurichten, verstehen Sie, es steht nie lange was leer. Das ist das Problem in diesem Beruf, nicht wahr, die Verweildauer ist recht kurz, man hat nicht wirklich Zeit, Bekanntschaft zu schließen. Ich verstehe, sagte Max, ich verstehe.

Da Béliard wieder erschien, begleitet vom Krankenträger, verabschiedete Max sich rasch von dem Kellner. Gut, dann auf Wiedersehen, Dino, vielen Dank, und entschuldigen Sie, dass ich Sie belästigt habe. Mich belästigt, Monsieur?, fragte Dino. Aber überhaupt nicht, wirklich, nie. Doch, sagte Max, Sie wissen schon, diese Frage, die ich Ihnen gestellt habe. Ach, Monsieur, meinte Dino und entfaltete wieder sein klassisches Lächeln, dieses Mal gewürzt mit einem untypischen Zwinkern – ein direktes Zitat aus einer Szene mit Raquel Welch im Film *Bandolero!* und damit eine explizite Antwort auf diese Frage. Gut, gut, gehen wir, sagte Béliard ungeduldig.

Wieder im OP, bekam Max diesmal keinerlei Bemerkung des Chirurgen zu hören, der außerdem ein anderer war als das letzte Mal. Und um ihn einzuschläfern, benutzte man auch keine Spritze, wie er es erwartete: Diesmal wurde ihm umstandslos eine Maske aufs Gesicht gedrückt, die ihn wiederum in künstlichen Schlaf versetzte, ohne dass er Zeit hatte, sich zu fragen, wo, wann, wie oder auch nur ganz einfach ob er eines Tages wieder aufwachen würde.

III

20

Ihn weckten die unrhythmischen Hüpfer eines kleinen gelben Wasserflugzeugs, das im blassen Morgendämmer mitten auf einem breiten, kittfarbenen Strom landete. Als Max die Augen aufmachte, sah er fern rechts am Ufer eine ziemlich große, verkommen wirkende Stadt. Iquitos, erklärte nüchtern der Pilot, ein junger Kerl mit strichdünnem Schnurrbart, ockerfarbenem, marmornem Gesicht und gefälschter, mit Iridium beschichteter Ray-Ban-Sonnenbrille.

Das Wasserflugzeug schaukelte jetzt reglos auf dem Fluss in der extremen Hitze, die um diese Stunde bereits herrschte. Nach ein paar Minuten klappte der junge Typ die Türöffnung auf, sein Kinn wies auf eine motorisierte Piroge, die mit hoher Geschwindigkeit näher und dann neben den Schwimmern des Flugzeugs zum Stehen kam. Max dankte dem Piloten mit einer Handbewegung und sprang in die Piroge, die sofort in Richtung des Flussterminals losfuhr, welcher sich flussaufwärts vor der Stadt befand. Der Pirogenlenker wirkte ebenso maulfaul wie der Pilot, und Max hatte nichts dabei außer einer kleinen Tasche, deren Herkunft er nicht kannte; sie enthielt einen Kulturbeutel, von dem er auch nicht wusste, wo er ihn gekauft hatte. Nichts sonst, nichts zum Umziehen, nur einen Umschlag mit einem Notgroschen in der ihm unbekannten lokalen Währung sowie ein Stück Papier, auf dem die Adresse eines Hotels und eine Telefonnummer samt dem Namen Jaime standen. Dieser Betrag würde vielleicht für einige Zeit genügen in einem Land mit schwachem Wechselkurs, worauf schon auf den ersten Blick von fern die relativ elende Erscheinung des Ortes hinwies. Max wagte nicht, den Pirogenkapitän zu fragen, in welcher Ecke von Südamerika genau er sich befand, das hätte dem spanisch vorkommen können, und apropos spanisch, Max konnte auch gar nicht fragen, denn er sprach weder diese Sprache noch Portugiesisch. Wie auch immer, er würde zuerst irgendwie irgendwas zum Anziehen kaufen müssen, denn jetzt trug er nichts am Leib als ein Hemd und eine gürtellose Leinenhose, dazu gelbe Schuhe, die ein wenig drückten.

Iquitos, im Nordwesten des südamerikanischen Kontinents und in gleicher Entfernung zu drei Grenzen gelegen, zwischen dem tropischen Regenwald und dem Amazonas eingeklemmt, ist eine Stadt von dreihunderttausend Einwohnern am rechten Ufer dieses enormen Wasserlaufs. Durch den einzigen Artikel des Gesetzes Nr. 14702 vom 5. Januar 1964 wurde es zum offiziellen amazonischen Flusshafen ernannt. Die örtliche Durchschnittstemperatur beträgt sechsunddreißig

Grad. Da es vom Strom und einigen seiner Arme umzingelt ist, könnte Iquitos auch als eine Art Insel erscheinen, keine Straße führt dorthin: Es ist nur durch die Luft oder übers Wasser erreichbar. Am Flussufer reihen sich kleine Anlegestellen wie diejenige, der man sich jetzt näherte, in deren Hintergrund ein Kraftfahrzeug der Marke Ford stand, darin zwei Männer namens Oscar und Esau, die schließlich herauskletterten, um Max in Empfang zu nehmen.

Oscar, sehr viel jünger als Esau, zungenfertiger und runder, Buschhemd, Kettchen um den Hals, sprach ein ausgezeichnetes Französisch. Ohne Béliard direkt zu nennen, ließ er durchblicken, dass er über dessen Einfluss orientiert war, ebenso wie über die Formalitäten, die Max zu erledigen hatte, dann bat er ihn einzusteigen. Sie nahmen eine ausgefahrene Straße, die wohl ins Zentrum führte. Esau, dunkler Anzug, Krawatte, angeklatschtes Haar, dicke Brillengläser mit wuchtigem Gestell, begnügte sich damit, schweigend und langsam den alten, verbeulten petrolblauen Ford zu steuern, dessen Sitze und Lenkrad mit gelblichem Plüsch überzogen waren und auf dessen Armaturenbrett unterhalb der Windschutzscheibe ein roter, gesteppter, golden befranster Schonteppich lag. Da dieser Teppich ununterbrochen, beim kleinsten Schlagloch, von seiner Unterlage zu rutschen drohte, verbrachte Esau die meiste Zeit damit, ihn geduldig wieder zurechtzurücken, mit einer Hand, offenbar lag ihm die Erhaltung dieses Gegenstands, den zurechtzuschieben ihm Oscar bisweilen half, mehr als alles andere am Herzen. Stets von dieser Aufgabe abgelenkt, fuhr Esau extrem langsam, mit rund fünfunddreißig Stundenkilometern und etlichen Spitzenwerten von zwanzig. Als sich ohne erkennbaren Grund einer der beiden Scheibenwischer in Bewegung setzte und mit rauem Ton über die sternförmig gesprungene Windschutzscheibe raspelte, betätigte Esau vergeblich sämtliche Hebel des Armaturenbretts, um ihn anzuhalten, bis er es aufgab. In dem nicht klimatisierten Wagen wurde es immer heißer, der Schonteppich rutschte immer wieder herunter, irgendwann gab Esau auch ihn auf.

In Iquitos hatte man ihm auf der Ecke Fitzcarrald und Putumayo im zweiten Stock des Hotels Copoazú etwas reserviert, ein Zimmer, so elementar, wie es nur ging, dessen Fenster direkt auf eine Wand schaute. Eisenbett für eine Person, kleiner, an der Wand angebrachter Hotelfernseher, Plastikstuhl und Nachttisch, darauf eine Lampe, ein Telefon sowie die Fernbedienung des TV-Apparats, mehr nicht. Die Toilette war dementsprechend, und Max wollte so lange wie möglich damit warten, dort im Spiegel zu schauen, wem oder was er jetzt ähnelte. Auf dem Bett ausgestreckt, den Nacken auf dem allzu mageren, ans obere Bettende gelehnten Kissen abgeknickt, ließ er erst einmal gut vierzig private und öffentlich-rechtliche Sender durchlaufen, regionale, angrenzende und nordamerikanische. Die drei nationalen Sender brachten Wahlergebnisse, von denen Max, so wenig er auch die Sprache verstand, zu begreifen meinte, dass man sie anfocht. Dennoch dachte er nur an sein Gesicht, voller Angst und Ungeduld, und fürchtete sich vor dem, was er sehen wollte.

Um einen Grund zu haben, in die fensterlose Nasszelle zu gehen, beschloss er schließlich, sich zu rasieren, zu kämmen und die Zähne zu putzen. Da die Neonlampe über dem Spiegel natürlich nicht funktionierte, konnte er sich nur in Umrissen erkennen, aber so gesehen schien sich jedenfalls nichts so Grundlegendes geändert zu haben. Er harrte noch eine gute Weile vor dem Fernseher aus, bis er in der Rezeption anrief und mit seinem bisschen Basisenglisch darum bat, dass man die Neonröhre austauschen möge – *please could you change the light in the bathroom, it doesn't work. – Si señor –*, was auch nicht wenig dauerte. Dann, als diese Reparatur vollbracht und Max wieder allein im Zimmer war, atmete er tief ein, bevor er es wagte, hinzugehen und sich anzuschauen.

Nette Arbeit. Sie hatten volle Leistung gebracht. Zwar war Max ganz offensichtlich nicht wiederzuerkennen, aber man konnte das keinem besonderen Merkmal zuschreiben. Weder Nase noch Stirn, weder Augen noch Wangen, weder Mund noch Kinn, nichts war anders. Alles war da. Es war eher die Struktur der Organe, die Relationen zwischen ihnen, die sich unmerklich verändert hatten, obgleich Max selber nicht zu sagen vermocht hätte, wie nun genau, in welcher Reihenfolge und in welcher Hinsicht. Tatsache ist, er war nicht mehr derselbe, oder eher immer noch derselbe, aber ohne jeden Zweifel ein anderer: Sein Gesicht mochte jemanden, der ihn gekannt hatte, vage an ihn erinnern, aber mehr auch nicht. Er wagte sich so weit vor, den Mund weit aufzureißen, um nachzusehen, ob man ihm alle seine Zähne gelassen hatte: Ja, hatte man, er erkannte seine alten Plomben wieder und die kleine Überkronung, aber auch im Kiefer schien eine neue Ordnung zu herrschen.

Perplex, ebenso erleichtert wie entsetzt, drehte Max den Wasserhahn am Waschbecken auf, um sich ein Glas Wasser einlaufen zu lassen. Aber er zitterte dermaßen, dass er es mehrmals neu versuchen musste, bevor er ein blödes Becherchen voll hatte. Und dann hatte das Leitungswasser, das in unseren europäischen Breiten zweiundsechzig Qualitätsnormen erfüllen muss, um als trinkbar zu gelten, der Nase nach zu urteilen allenfalls knapp zehn solcher Kriterien erreicht. Also rief Max in der Rezeption an, man solle ihm ein Agua mineral hochbringen. Ach, und wo er schon mal dabei war und dachte, so etwas passiert einem auch nicht alle Tage, und überdies meinte, das verdiene er nach einer Woche relativer Abstinenz im Zentrum, regte er an, man möge ihm auch gleich noch eine Flasche Pisco mitbringen, dazu Eiswürfel und Zitrone. Si señor. Während des Wartens trat er nochmals vor den Spiegel. Er würde sich daran gewöhnen. Er wunderte sich, dass er so rasch dachte, er werde sich daran gewöhnen. Freilich hatte er keine andere Wahl, aber gut, er würde sich daran gewöhnen, vielleicht sogar schneller als gedacht. Er löschte das Neonlicht, trat aus der Toilette, und als er eben den Ton des Fernsehers lauter stellte, klopfte jemand an seine Zimmertür.

Es war der Geschäftsführer mit einem Tablett, darauf alles, wonach Max verlangt hatte. Als der Geschäftsführer weg war, öffnete Max die Piscoflasche und goss sich genüsslich ein Glas ein, aber dann war der Geschmack von dem Zeug widerwärtig, schandbar, unerträglich und so brechreizerregend, dass Max zum Waschbecken rennen und den Schnaps schnell ausspucken musste. Was soll das für eine Geschichte sein. Ist doch seltsam. Dabei ist Pisco wirklich was sehr Gutes. Wie auch immer, nachdem er sein Glas ausgewaschen und dann sorgfältigst ausgewischt hatte, spülte Max sich den Mund mit Agua mineral, machte die Tasche auf, holte den Umschlag heraus, der sich immer noch darin befand, öffnete den Umschlag und zog den Zettel heraus, auf dem die Telefonnummer stand, setzte sich aufs Bett, zog das Telefon zu sich heran und wählte diese Nummer.

21

Nachdem er aufgelegt hatte, verließ Max das Hotel mit seiner kleinen Tasche, die er den Nachmittag über bei einigen Einkäufen in den Straßen von Iquitos füllte: dem Klima angepasste Kleidung – leichte Jacke, leichte Hemden, Baumwollhosen, eine Auswahl Unterhosen –, einige notwendige Artikel – Gürtel, Rasierklingen, Seife und Shampoo – und eine größere Tasche, in der dies alles und die kleine Tasche zusammengefaltet Platz hatten. Wieder im Hotel, aß er dort einsam zu Abend, das Klirren seines Bestecks hallte bedrohlich in dem leeren Speisesaal, dann ging er sehr bald hinauf ins Bett, schlief sehr schlecht und beschloss, nachdem er sehr früh aufgestanden war, dieses Etablissement schnellstmöglich zu verlassen.

Am Vormittag fand Max ohne größere Mühen zwei Zimmer, die im völlig heruntergekommenen Palast eines früheren Kautschukbarons zu vermieten waren. Die Fassade dieser Residenz war mit glasierten, verzierten, wenngleich jetzt auch brüchigen Steinzeugkacheln bedeckt, Azulejos, die der Baron aus Portugal hatte kommen lassen, auf dem Fluss- und Seewege, mit denselben Schiffen, die allwöchentlich seine schmutzige Wäsche zu den Wäschereien Lissabons trugen. Die vergitterten Fenster gingen direkt auf den Amazonas jenseits der Avenida Coronel Portillo, und so konnte Max vom Zimmer aus den Blick auf die Holzhäuser am Flussufer genießen, von denen die einen schwammen, die anderen auf Pfosten standen. In der Ferne fuhren große Schiffe vorbei, Motocars knatterten über den Asphalt der Avenida, Vögel kreisten über dem Pirogenverkehr und kleine Kinder spielten im Müll. Max beobachtete zerstreut dieses Schauspiel, seinen Gedanken nachhängend, und verfolgte diese Gedanken in zwei Richtungen. Erst einmal musste er sich daran gewöhnen, mit sich selber zu leben, mit seinem neuen Äußeren, bis man ihm in ein paar Tagen in der Flughafencafeteria die Ausweispapiere seiner neuen Identität aushändigen würde, wie gestern telefonisch vereinbart. Dann war die Miete für die beiden Zimmer zwar nicht gewaltig, dennoch hatte Max einen kleinen ängstlichen Stich verspürt, als er sah, wie weit diese Zahlung seinen Notgroschen angeknabbert hatte. Die Identitätslieferanten waren sicher auch keine Pfadfinder, und mit dem, was ihm dann noch blieb, würde er nicht weit kommen. Na, abwarten.

Auch wenn es wieder Geld kostete, fand er sehr bald den Ort, wo er seine Mahlzeiten einnehmen konnte: das Restaurant Regal an der Plaza de Armas, gleich über dem britischen Konsulat, in einem Gebäude aus Gusseisen. Dieses Material hatte den Nachteil, dass es die

Hitze potenzierte wie ein Glutofen, aber hier konnte man Fisch aus dem Fluss essen und dabei die Mädchen betrachten, die in kleinen, unzugänglichen Gruppen über den Platz flanierten, und die Männer, die, um die Gullis versammelt, zum Zeitvertreib mit Rute und Faden, an dem ein Stückchen Omelett baumelte, Ratten angelten. Hier wie sonst wo, wie in allen tropischen Restaurants der Welt, sah man das Spiegelbild der großen Ventilatoren sich in allen Höhlungen der Saucieren, Löffel und Suppenkellen drehen, wie fette Insekten oder kleine Hubschrauber. Max musterte das alles mit interessierten, aber unbeteiligten Blicken, mit dem Auge des Auferstandenen, der wieder auf die Welt gekommen ist und diese Welt wie durch eine Glasscheibe sieht.

Da er mit niemandem sprach und niemand mit ihm, bestand seine Haupttätigkeit in der sorgfältigen, systematischen Lektüre der lokalen und nationalen Presse, was ihm bald zu grundlegenden Kenntnissen des Spanischen verhalf. Nach einer ganz offensichtlich getürkten Volksabstimmung nahm die Kontroverse um die Wahlergebnisse immer noch in großen Lettern die Titelseiten ein, aber Max interessierte sich eher für die hinteren Seiten. Sie bestanden fast gänzlich aus Fotos und schilderten detailliert das mondäne Leben der führenden Klassen des Landes, manchmal auch der Nachbarländer. Da sah man, wie anlässlich diverser Einweihungen, Empfänge, Hochzeiten und Cocktails Gruppen von Persönlichkeiten des öffentlichen Lebens den Fotografen breit zulächelten und gefüllte Gläser hochhielten. Abendkleider, Smokings, Champagner und Pisco *sour*, allgemeine Fröhlichkeit, Schwindel erregende Vielzahl der Gesichter, von denen Max natürlich kein einziges kannte. Er hatte bei seinem Aufenthalt im Zentrum weder seine Sorgen noch seine Gewohnheiten abgelegt, und so kontrollierte er immer noch automatisch, ob nicht zufällig Rose auf einem dieser Fotos zu sehen war. Natürlich war eine solche Hypothese höchst unwahrscheinlich, aber nun, Rose war schließlich verschwunden, was hinderte sie daran, mit einem argentinischen Banker verheiratet zu sein, einem guatemaltekischen Industriefürsten, wenn nicht gar mit einem paraguayischen Senator.

Man gewöhnt sich sehr schnell an Iquitos – schneller als an die gelben Schuhe, für die Max noch keinen Ersatz gefunden hatte –, man findet sich dort leicht zurecht, es geht einem da gar nicht schlecht. Wäre nicht das Geldproblem gewesen, über das ernsthaft nachzudenken Max immer noch verschob, er hätte sich nach dem dritten Tag gefühlt wie in Ferien. Aber just an diesem Tag war er mit dem Identitätslieferanten am Aeropuerto Francisco Secada Vigneta verabredet, vier Kilometer nördlich des Stadtzentrums. Um dort hinzukommen, musste Max eins von den Motocars nehmen, deren Fahrer ihm unentwegt ihre Dienste anboten. Das Motocar, ein dreirädriger Scooter mit Plane und Rückbank, ist das amazonische Gegenstück zur Rikscha, wenn auch anders als diese ohne Seitenschutz und mit einer etwas von seinem indischen Äquivalent unterschiedenen Karosserie. Das Motocar ist nämlich nicht mit allerlei politischen oder frommen bunten Bildern bepinselt – höchstens mal sind ein Tiger oder zwei auf die Bank gemalt –, und es hat keinen Gebührenzähler. Nun weiß man ja, was so ein Rikscha-Gebührenzähler taugt, wie unzuverlässig er ist, und so diskutiert man den Fahrpreis mit einem Motocarrista nicht weniger verbissen und vorbeugend als mit einem tamilischen Rikscha-Wallah, einem Zemidjan in Benin mit seinem Mofataxi oder einem laotischen Tuk-Tuk-Fahrer. Was den Komfort dieser Vehikel angeht, so ist der ohnehin mehr oder weniger vergleichbar, in jeder Hinsicht.

Am Flughafen angekommen, fand Max ohne Probleme die Cafeteria und ebenso den praktisch allein mitten darin vor einem dampfenden doppelten Espresso sitzenden Träger des Namens Jaime, mit dem er vor drei Tagen telefoniert hatte. Jaime war wohl ungefähr so alt wie Max, eine ironische Lesebrille mit kleinen Gläsern filterte seinen komplizenhaften Blick. Den linken Arm trug er in Gips, verborgen unter einem Pullover, verborgen unter einer Jacke, verborgen unter einem Mantel, verborgen unter einem Schal, verborgen unter einem Hut – doch trotz der schwülwarmen Atmosphäre schienen ihn diese mehrfachen Schichtungen nicht besonders was auszumachen. Kaum hatten sie ihr Gespräch begonnen, da kam ein abgerissener Schuhputzer, hager und in Lumpen gekleidet, hockte sich zu Max' Füßen, ohne diesen nach seiner Meinung zu fragen, und fing sofort an, ihm die Schuhe zu polieren, was Max geschehen ließ, ohne seine Aktivitäten zu beobachten. Gut, sagte Jaime, alles ist so weit geregelt, uns fehlt nur noch ein Passfoto. Wenn wir das bis morgen Nachmittag haben könnten, dann wären die Papiere Ende der Woche abholbereit. Gut, und sagen Sie, sorgte sich Max, können Sie genauer angeben, was mich das kosten wird? Jaime wich aus, das kann ich Ihnen hier und jetzt nicht sagen, wir haben noch keine detaillierte Rechnung erstellt.

Und dann wiederholte Max die Frage, die er eben bezüglich seiner Papiere gestellt hatte, bezüglich des Schuhputzers, der mit seiner Arbeit fertig war, jetzt leicht zitternd und schweigend vor Max stand und einen intensiven Blick auf ihn heftete. Und der da, wie viel gebe ich dem? Ein Sol wird reichen, schätzte Jaime. Max entlohnte den Schuhputzer, ohne ihn anzusehen, und verabredete ein nächstes Treffen mit dem Fälscher, der sich entfernte. Allein geblieben, warf Max einen Blick auf seine Füße. Wahrscheinlich mangels gelber Schuhcreme waren seine Schuhe jetzt violett, von einem schönen, leuchtenden Violett. Vielleicht waren sie jetzt gar nicht mal schlechter als zuvor, nicht wahr, aber nun ja. Max stand auf und verließ den Flughafen, den Blick auf die neue Farbe seiner Füße gerichtet. Aber, ach Gottchen, er hatte sich schließlich eine völlig neue Identität zuzulegen, und irgendwo muss man ja anfangen.

22

An den folgenden Tagen ging es sehr viel weniger gut. Die Stunden zogen sich in die Länge, und Max machte sich immer mehr finanzielle Sorgen. Denn man kann denken, was man will, aber trotz seines Aufenthalts im Zentrum infolge jenes tragischen Vorfalls hinderte ihn seine besondere, durchaus immer noch inkarnierte Situation nicht daran, Gefühle und die klassischen leiblichen Bedürfnisse zu empfinden. Hunger, Wärme, Durst auch ohne Pisco, der Wunsch nach einem gewissen Mindestkomfort, all das bringt Probleme mit sich, die einzig und allein das Geld löst, selbst die bescheidenste Lebensführung erfordert ein Budget. Und Max' Barschaft schmolz dahin, zusehends, unvermeidlich.

Hinzu kam ein wachsendes Empfinden der Isolation. Die ersten Tage über hatte es noch, um sich zu beschäftigen, genügt, Iquitos zu erkunden, ohne mit jemandem reden zu müssen, aber jetzt war Max das Touristendasein etwas leid, jetzt hielt er die Einsamkeit in diesem Nest nicht mehr aus. Keine Chance, mit jemandem auf der Plaza de Armas ins Gespräch zu kommen, weder mit den hübschen Mädchen noch mit den Rattenanglern. Zwar diskutierte er ein paar Mal ein wenig in seinem neugeborenen kleinen Spanisch mit ein paar Hiesigen, aber das waren vor allem die alternden Kellner des Restaurants Regal, und diese Gespräche erbrachten immer nur pessimistische, resignierte Informationen über die Stadt: explodierende Selbstmordrate, Allgegenwart der Sekten, massiver Drogenhandel überall, schwarze Magie und wer weiß was noch alles. All das war schon recht entmutigend und inspirierte nicht gerade zu Integrationsversuchen. Er erlitt Anfälle von Heimweh, er durchlebte Tage voller Langeweile, jener lastenden Langeweile, die aus der Verbindung von Einsamkeit und spärlichen Mitteln erwächst. Es kam vor, dass er überhaupt nicht mehr durch Iquitos gehen wollte, wozu denn auch, einmal blieb er sogar den lieben langen Tag zu Hause, wanderte ununterbrochen zwischen seinen beiden Zimmern hin und her, ein wildes Tier im Käfig, das nur manchmal stehen blieb, um durch die Gitter den Fluss mit seiner unveränderlichen Farbe anzusehen.

An jenem Tag kam Max, um sich zu beschäftigen, der Einfall, er könnte ja mal seiner Schwester schreiben und so die strikten Verhaltensmaßregeln brechen, die Béliard ihm aufgegeben hatte. Eine gute Stunde lang verfasste er diesen Brief, in dem er alles erklärte, alles erzählte, über alles klagte und am Ende nicht mal davor zurückschreckte, Alice um die Übersendung von ein wenig Geld zu bitten. Doch als er den Brief unterschrieben, nochmals gelesen und dann in einen Umschlag gesteckt hatte, dessen Gummierung er anleckte, gab es nur noch Unannehmlichkeiten. Er schnitt sich zuerst an der Lasche des Umschlags die Oberlippe auf – ein nur ganz feiner und harmloser Schnitt, der aber unverhältnismäßig schmerzte –, dann breitete sich sofort ein grässlicher Geschmack nach Fischleim in seinem Mund aus, und drittens machte sich Max den Ärger bewusst, den er riskierte, falls Béliard eine Untersuchung anstrengte, er hatte ja ein bisschen kompromittierenden Speichel an dem Umschlag hinterlassen – und die Wissenschaftler des Zentrums waren gewiss nicht so weit gegangen, seinen genetischen Code zu verändern. Und schließlich und endlich stellte er sich vor, in was für extreme Gefühlswirren dieser Brief Alice stürzen würde, und so riss Max den Umschlag wieder auf und las seinen Brief ein letztes Mal, bevor er ihn zerriss und verbrannte.

In der Tropical Paradise Lodge an der Avenida Potomayo, wo er einige Prospekte als Lektüre abgegriffen hatte, würde man ihm sicher zur Zerstreuung eine Pirogenfahrt auf dem Fluss ermöglichen. Noch eine Ausgabe, aber was soll's, weg ist weg, dieser halbe Tag lag noch drin. Aus manchen Perspektiven gesehen, erinnerten die dunklen Blöcke des amazonischen Urwalds an gewisse Stellen des Parks, den er mit Béliard besichtigt hatte. Die von Moskitos verseuchten Wasserwege waren von Bäumen gesäumt, deren Wuchs einer bizarren Logik zu folgen schien, als litten sie unter einer Erbkrankheit, was nicht wenig dazu beitrug, ein ungutes Gefühl hervorzurufen. Sie begegneten anderen geruderten Pirogen, in denen schweigsame Einheimische Dosen, Säcke oder Kanister oder auch Hühner in Käfigen transportierten. Sie sahen Hunde, einmal auch einen dicken Leguan, genauer gesagt ein schwangeres Leguanweibchen, das platt auf einem herausstehenden Ast kauerte und das der Pirogenkapitän zu packen versuchte, um ihm sein Ei wegzunehmen – es gibt nichts Besseres, versicherte dieser Mann, als wachsweich gekochtes Leguanei.

Am festgesetzten Tag nahm Max wieder ein Motocar zum Flughafen. Jaime war wieder da, wieder dick verpackt in der Hundehitze, diesmal saß er vor einer heißen Schokolade. Er händigte Max ein kleines Täschchen aus besticktem Baumwollstoff aus – örtliches Kunsthandwerk, handgemacht, erläuterte er, ein Geschenk –, das die perfekte Kopie eines französischen Reisepasses auf den Namen Salvador, Paul André Marie enthielt, Staatsangehörigkeit: Franzose, geboren am selben Tag wie Max mit Max' Foto darunter, begleitet von »Kinder: kein Eintrag« auf Seite 4 und absolut echten französischen Gebührenmarken auf Seite 5. Auf Seite 7, der ersten jungfräulichen, für Visa vorgesehenen Fläche, prangte sogar ein Stempel, der seine Ankunft hier im Lande bezeugte, vor ein paar Wochen, im Aeropuerto Internacional Jorge Chávez. Sah alles tadellos aus.

Während Max in diesem Dokument blätterte, zog Jaime ein gefaltetes Blatt Papier aus der Tasche und reichte es ihm, eine vielstellige Zahl stand darauf geschrieben. Diese Zahl bedeutete eine Summe, den

Rechnungsbetrag für die Anfertigung des Passes, exakt, auf den Centavo eines Sols genau so viel, wie Max jetzt noch besaß und in der Tasche seiner neuen Hose bei sich trug: Ganz offensichtlich hatte man ihn gut überwacht, hatte seine kleinste Ausgabe vermerkt, sorgfältig errechnet, wie viel ihm geblieben war, und jetzt war Max also restlos blank. Da man ihm das offenbar mehr oder weniger vom Gesicht ablesen konnte, fragte Jaime: Was ist? Etwas nicht in Ordnung? Max hatte keine Zeit zu antworten, da trat der andere bereits, lächelnd, als hätte er genau das erwartet, mit einem Vorschlag an ihn heran, einem derart klassischen, fantasielosen Vorschlag, dass man sich geniert, davon zu berichten. Und zwar ging es, wie in derlei Verlegenheitsfällen nur zu üblich, darum, gegen eine gewisse Entlohnung eine gewisse Sache ins Ausland zu transportieren – nach Frankreich, um genau zu sein. Eine so konventionelle Situation, dass man den Charakter dieser Sache gar nicht weiter zu benennen bräuchte, die sich hier in einem abgesperrten Eidechsleder-Köfferchen mit goldenen Verschlüssen befand, das Jaime gebückt unter dem Tisch hervorzog und auf ihn draufstellte.

Hier, das soll verreisen, mehr nicht, bedeutete er, eine Kleinigkeit. Eine diskrete, leichte Arbeit, und gut bezahlt. Nicht in hiesiger Währung, keine Sorge, Sie bekommen Dollars, taufrische. Natürlich, sagte Max, gern, aber wann müsste ich dann los? Sofort, antwortete Jaime, das Flugzeug startet in einer Dreiviertelstunde. Und meine Sachen?, wandte Max ein. Kein Problem, sagte Jaime, bückte sich erneut, hier sind sie, wir sind bei Ihnen vorbei und haben sie abgeholt, als Sie weg waren. Er reichte sie ihm, sie lagen sorgsam gefaltet in Ihrer Tasche, und hier sind Ihre Flugtickets und hier ist Ihr Geld. Dieses Geld hatte Max rasch gezählt: Dollars, das schon, aber nicht gerade viele, in Iquitos würde man es damit höchstens über zwei, drei Tage schaffen, in Frankreich also über zwei, drei Stunden, aber was blieb ihm anderes übrig? Gut, sagte Max, einverstanden.

23

Max, das Köfferchen und seine Tasche mussten nicht allzu lange warten: Boarding sofort. In der Flughafenhalle von Iquitos trafen Ortsansässige mit Bestimmung Lima auf Trauben von Urlaubern, die gekommen waren, um die Ränder des amazonischen Regenwaldes zu erwandern, die Eingeborenen zu erkunden, ihre Schamanen zu konsultieren und ihr Bewusstsein durch Einnahme von Ayahuasca explodieren zu lassen. Das Gepäck der einen wie der anderen wurde sorgfältig und misstrauisch von zwei angeleinten Hunden mit Maulkorb durchschnüffelt, deren Reaktionslosigkeit gegenüber dem Köfferchen aus Eidechsleder die Hoffnung zuließ, dass es wenigstens kein Rauschgift enthielt. Dann, als Max in dem kleinen Flugzeug saß, rollte dieses sofort eilends los, hatte im Handumdrehen seine Reiseflughöhe und -geschwindigkeit erreicht und bezeugte so die Professionalität der Piloten. In diesem Land hat sich nämlich eine lange Tradition virtuosen Pilotentums erhalten, Männer, die pünktlichst starten und pünktlichst landen, ohne Mensch noch Maschine zu schonen – die, ohne mit der Wimper zu zucken, im Sturzflug auf ihr Ziel hinunterschießen, fast senkrecht, ohne nur im Entferntesten Zeit für Druckausgleich zu lassen, voller Verachtung für die Trommelfelle der Passagiere, die sich alle im Chor die Hände auf die Ohren pressen und vor Schmerzen schreien.

Zum Ausgleich sollte Max in Lima länger warten, wo er die Zeit totschlug, indem er die Presse sichtete, froh über seine fulminanten Fortschritte im Spanischen, aber unruhig, was ihn wohl in Paris erwarten mochte. Als er dann an Bord war, ersparte er sich, die Sicherheitspantomime zu verfolgen; die Stewardessen verteilten danach Orangensaft und Bonbons an die Passagiere, Decken und Kopfhörer, mittels derer man diverse Musikprogramme hören konnte. Ein Rädchen in den Armlehnen der Sitze diente zur Programmwahl: Schlager, Jazz, Folklore und Klassik. Als das Flugzeug losrollte, setzte Max die Kopfhörer auf, um sich ein wenig die Zeit zu vertreiben, und hielt automatisch beim Klassiksender inne, um sofort das gerade laufende Impromptu von Schubert zu erkennen, op. 90, Nr. 2: Es-Dur, Allegro. Doch kaum hatte er das Werk erkannt, erkannte er auch seine eigene Einspielung von vor fünf Jahren bei Cerumen. Er tat lieber so, als hätte er es nicht bemerkt, so wie man auf der Straße so tut, als übersähe man jemanden, dem man nicht begegnen will, nur dass es sich hier um ihn selber handelte. Er wechselte augenblicklich das Programm, dann ließ er's ganz, die Kopfhörer taten ihm sowieso an den Ohren weh wie eine schlecht angepasste Prothese. Lieber lauschte Max dem

Motorengeräusch der Boeing, einem tiefen, durchdringenden Brummen, grundiert wie ein endloser Atem, nicht wie diese kleinen Airbusmotoren, die wie eine alte Motorfräse klingen, und am Ende schlief er ein.

Paris lag unter heftigem Regen, als das Flugzeug auf einer Piste von Roissy-Charles-de-Gaulle landete, genau dieser sehr schwere, anscheinend von hoch oben kommende Regen, wie Max ihn einige Tage zuvor aus einem Fenster des Zentrums gesehen hatte. Nach den Zollformalitäten – nichts zu verzollen, niemand machte sich die Mühe, den Inhalt seiner Tasche und seines Köfferchens zu untersuchen – trat er unbehelligt durch die Tür zur Ankunftshalle. Dort schienen gegenüber dem Strom der Ankommenden einige Personen zu warten, zwei Gattinnen mit Kindern, die bereit waren, um den erstbesten Hals zu fallen, drei Namenlose, die auf Karton geschriebene Namen hochhielten. Max reagierte nicht sofort, als er auf einem dieser Schilder seine neue Identität in Großbuchstaben entzifferte, dann erinnerte er sich ihrer und ging geradenwegs auf sie zu.

Der Namenlose, der sie hochhielt, trug lächerlicherweise Bart, Hut, getönte Brille und einen bis unters Kinn zugeknöpften Trenchcoat. Er reckte Max' Identität weiter in die Luft, als er diesen auf sich zukommen sah; an seinem anderen Arm hing ein mittelgroßer Koffer, den er Max sogleich hinhielt, ohne ihm mangels verfügbaren Greiforgans die Hand zu geben. Ich bin Schmidt, sagte er, das hier sind Ihre persönlichen Sachen. Ich nehme an, Sie haben das Köfferchen? Hier, sagte Max und hielt es ihm hin. Gut, sagte Schmidt und ergriff es, wir nehmen ein Taxi.

Verhältnismäßig kurze Warteschlange am Taxistand, wonach der nicht mehr namenlose Schmidt dem Fahrer eine Adresse angab, eine ungerade Hausnummer am Boulevard Magenta. Max musterte diesen vermeintlichen Schmidt verstohlen, dieses Übermaß an tarnenden Elementen – obgleich man auch nicht sicher sein konnte, dass das wirklich künstlich war, es konnte genauso gut alles hundertprozentig echt sein. Dann ließ er von dieser Betrachtung ab – Schmidt konnte es wahrscheinlich nicht so besonders leiden, wenn man ihn ansah – und drehte sich in die andere Richtung, um in die Landschaft zu schauen. Ihm war, als käme er von einer langen Reise zurück, dabei waren während seiner beiden Aufenthalte im Zentrum und dann in Iquitos vielleicht gerade mal zwei Wochen vergangen, aber wozu solche Räsonnements in seiner Situation. Durch das Taxifenster betrachtete er die langen Gebäuderiegel und Hochhäuser der östlichen Vorstadt, wie man sie um Bagnolet herum sieht, wenn man über die Autobahn A3 vom Flughafen kommt. Max hatte immer nur mit Mühe glauben können, dass diese Gebäude wirkliche Wohnungen mit wirklichen Menschen darin enthielten, die sich in wirklichen Küchen und wirklichen Badezimmern aufhielten, in wirklichen Schlafzimmern, in denen man sich authentisch paarte, in denen man sich tatsächlich fortpflanzte, das war doch kaum denkbar.

Nun sollte die Unterkunft, die der Service des Zentrums ihm zugedacht hatte, kaum vorstellbarer sein, man wird es sehen. Schmidt, der während der Autobahnfahrt stumm geblieben war, gab dem Fahrer präzise Anweisungen, welchen Weg er vom Boulevard Périphérique aus nehmen sollte, und dann hielt das Taxi am Boulevard Magenta auf halbem Wege zwischen Place de la République und der Gare de L'Est vor einem Hotel. Ohne luxuriös zu sein, war dieses Etablissement namens Montmorency doch auch keine Bruchbude. Es verfügte über eine Eingangshalle, zwei Konferenzsäle und eine Bar. Den Fahrstuhl nahmen sie nicht: Ohne sich an der Rezeption aufzuhalten, hinter der eine unförmige Empfangsdame brütete, bedeutete Schmidt Max mit dem Kinn, ihm über eine steile Treppe zu folgen, die offenbar nicht für Hotelgäste vorgesehen war. Auf dem letzten Stockwerk des Hotels reihten sich zwei gegenüberliegende Folgen von braunen Türen dicht an dicht angeordnet in einem dunkelgelben Flur. Schmidt hatte einen Schlüssel aus der Tasche gezogen, die vierte Tür rechts öffnete sich auf ein schmales Gemach mit welker Blümchentapete, ausgestattet mit mageren Möbeln, bis auf ein zu ausgedehntes Bett, und statt Nasszelle gab es ein Waschbecken. Bitte, sagte Schmidt, das ist Ihr Zuhause. Gemeinschaftsdusche und Toiletten auf halber Treppe. Max wagte sich bis zum Fenster, schob die Gardine auseinander, deren metallene Vorhangringe über die metallene Stange schrillten, und öffnete das Fenster auf den Tumult des Boulevards, der sofort aufbrandete und kurz in das beengte Räumchen sprang. Da wäre das Problem, erwähnte Max und schloss es rasch wieder, dass ich so gut wie kein Geld habe. Die erste Monatsmiete ist geregelt, informierte ihn Schmidt, danach müssen Sie mit Ihrem Einkommen dafür sorgen. Einkommen, echote Max verständnislos. Einkommen, natürlich, bestätigte der andere, Sie sind an der Bar angestellt, kommen Sie, ich zeige es Ihnen.

Sie stiegen ins Untergeschoss des Hauses hinab. Die Bar war jetzt am Vormittag leer, und Schmidt zeigte ihm seinen künftigen Arbeitsplatz, die vielfarbige Flaschenkollektion, Gläser in allen Größen, dazu das Werkzeug, Schüsselchen, Shaker, Siebe, Zitruspresse und Gewürzbord. In einem Wandschrank hing an einem Bügel eine abgetragene grellrote Jacke, am Revers von dem Ding steckte bereits ein rechteckiges Metallplättchen mit der Gravur Paul S. Bitte, sagte Schmidt, Ihre Arbeitskleidung. Die Arbeitszeit ist von 18.30 Uhr bis 1.30 Uhr, täglich, außer Sonntag. Sie haben noch zwei Tage frei, um sich vom Jetlag zu erholen, Montag fangen Sie an. Die Direktion ist informiert, Fragen regeln Sie mit denen. Wir werden sicherlich keine Gelegenheit haben, uns wiederzusehen, viel Glück.

Oben in seinem Zimmer holte Max erst einmal die Sachen, die er in Iquitos gekauft hatte, aus der Reisetasche: allzu exotisch und leicht für das hiesige Klima, immer noch voll tropischer Düfte, die er sehnsüchtig einsog, bevor er die Sachen in einen engen weißen Melaminschrank hängte. Dann öffnete er den Koffer, den Schmidt ihm gegeben hatte. Der enthielt einen dunkelgrauen Anzug, eine schwarze Hose und zwei weiße

Hemden, eine schwarze Krawatte und drei Slips, Doppelripp mit Eingriff, sowie ein paar schwarze Schuhe, in eine Zeitung vom Vortag gewickelt. All diese Kleidungsstücke aus Synthetik waren von ungefährer Konfektionsgröße und mäßiger Qualität und wirkten wie schon von anderen getragen und dann industriell gereinigt. Willkommen im Stadtbereich.

24

Die beiden freien Tage, die man ihm zugestanden hatte, verbrachte Max damit, durch Paris zu wandern. Zuerst ging er in sein altes Viertel, Château-Rouge, und stellte einige Experimente an, um zu sehen, welche Wirkung die Arbeit der Chirurgen hatte. Inkognito ging er durch ein paar Geschäfte, in denen er Stammgast gewesen war, er hatte die Inhaber beim Namen gekannt, und auch sie hatten ihn trotz seiner wenig verbindlichen Art irgendwann namentlich zu ihren Kunden gezählt. Er beobachtete ihre Reaktionen, wenn er die Läden betrat und kleinere Einkäufe tätigte – eine Packung Kleenex hier, eine Abendzeitung dort –, er blickte ihnen immer forschender in die Augen, doch ohne dass die anderen jemals auch nur das kleinste Zeichen des Wiedererkennens gezeigt hätten.

An diesem ersten Tag passierte es sogar, dass er, als er aus seiner alten Apotheke kam, direkt der Frau mit dem Hund vor die Füße lief, die links von dem Letzteren, rechter Hand von ihrem Mann begleitet wurde. Max sah diese drei zum ersten Mal alle beisammen, sie wirkten frohgemut und einträchtig, zeigten aber keinerlei Reaktion, als sie ihm begegneten: Sie schauten ihm sogar für ein paar Sekunden in die Augen, gingen aber weiter, als ob nichts wäre. Einzig der Hund drehte sich nach kurzer Reaktionszeit mit perplexem Blick zu Max um, hielt in seiner Bewegung inne und runzelte die Brauen – dieser Geruch, der sagt mir doch was, verflixt, das hab ich schon mal wo gewittert, aber wo? Um Zeit für die gründliche Behandlung dieser Frage zu gewinnen, blieb das Tier sogar stehen, um sehr lange an den rechten Hinterreifen eines Fiat Panda zu pinkeln und dabei Max zu mustern, der seinerseits wieder einmal die Metamorphose seines Äußeren betrachten wollte und sich daher diskret und symmetrisch vor den linken Außenspiegel des Fahrzeugs beugte. Dann wurde aber lebhaft an der Leine gezerrt, und der Hund schien das Problem fallen zu lassen, seine Aufmerksamkeit wandte sich einem Trupp pitschnasser, struppiger, zerknitterter Tauben zu, die eben – ein Beweis, dass sie wissen, wie dreckig sie sind – ein Reinigungsbad in der Gosse genommen hatten, im fließenden Wasser eines geöffneten Hydranten, und jetzt schwerfällig aufflogen.

Da er nun schon mal im Viertel war, beging Max eine weitere Verbotsübertretung und versuchte, seine Schwester zu sehen. Es ging ihm nur darum, sie zu Gesicht zu bekommen, ohne Versuch einer Kontaktaufnahme, nur um sicher zu sein, dass es ihr gut ging. Er wollte es sehr umsichtig anstellen, Alices Blicken jedenfalls aus dem Weg gehen, denn trotz der Kunst der Zentrumsärzte und angesichts dessen, was sich eben mit dem Hund ereignet hatte, ließ sich nicht völlig ausschließen – die Stimme des Blutes und all so was –, dass seine eigene Schwester ihn wirklich wiedererkannte. Also postierte er sich lieber in der Nähe seiner Haustür, etwas dusslig hinter einer Zeitung versteckt, und tatsächlich, nach einer oder zwei Stunden sah er Alice herauskommen, die zunächst noch im Eingang stehen blieb und auf ihre Uhr schaute. Und dann, ach, so eine Überraschung, kam Parisy seinerseits aus dem Haus, schloss zu ihr auf und nahm sie beim Arm. Parisys Kleidung, eine winzige Nachlässigkeit seines Anzugs, verbunden mit etwas Leichterem als früher, etwas Vertraulichem in seinem Verhalten, all das ließ darauf schließen, dass der Impresario Max' Schwester tatsächlich hatte für sich einnehmen können, dass er vielleicht jetzt mit ihr zusammenlebte und möglicherweise sogar, überraschende Vorstellung, Max' Musikzimmer bezogen hatte. Diesem wollte es aber aus der Entfernung so vorkommen, als würde Alice ein bisschen sehr trocken mit Parisy reden, der bei der Antwort mit dem freien Arm fuchtelte, kurz, sie schienen sich schon zu streiten. Max blickte ihnen nach, folgte ihnen aber nicht, und setzte sich dann selber wieder in Bewegung. Weiterhin schaute er allen Leuten ins Gesicht, denen er auf der Straße begegnete, und dachte über den Status jedes Einzelnen nach: Vielleicht waren ja welche dabei, die wie er vorher im Zentrum gewesen waren, vielleicht waren sie zahlreich, vielleicht eigentlich sogar in der Mehrzahl.

Als die beiden Zwischentage vorüber waren, nahm Max wie vorgesehen seine Arbeit als Barkeeper auf. Es sollte sich herausstellen, dass die Bar nicht nur vormittags, sondern so gut wie immer leer war. Nicht leer genug indessen, als dass Max seinen Job hätte vergessen können: Irgendwann zu fortgeschrittener Stunde tauchte immer irgendein Gast auf, manchmal allein, öfter jedoch in Begleitung einer Frau. Max stellte fest, dass es häufig dieselbe Frau, aber nicht derselbe Gast war und beider kurze Aufenthalte an der Bar – mit gesenkter Stimme geführte Verhandlungen, aus denen Zahlen herauszuhören waren – meist mit der Bestellung zweier Gläser oder gleich einer ganzen Flasche zur Mitnahme aufs Zimmer endete, und so war ihm bald klar, was da lief. Es war also kaum jemand da, um ihm die Zeit zu vertreiben, was nicht ausschloss, dass bisweilen auch sehr entlegene Cocktails bei ihm bestellt wurden, deren Zubereitung ein ziemlicher Aufwand war. Der Alkohol selbst kam als Gesellschaft nicht mehr in Betracht: Offenbar war seit Max' Pisco-Versuch in Iquitos sein Appetit auf Äthylisches auf mysteriöse Weise verdunstet.

Und jede Nacht gegen halb zwei ging er auf sein Zimmer hoch, nachdem er die Kasse gemacht und die Bar geputzt hatte. Er zog die rote Jacke und den Rest aus und legte sich sofort hin, um noch in einem Spezialführer Cocktailrezepte zu studieren und sich möglichst einzuprägen. Dann schlief er unter Schwierigkeiten in seinem großen Bett ein, denn große Betten, vergessen wir das nicht, sind nun einmal dafür da, zu zweit darin unter die Decke zu schlüpfen. Sogar die Bettwäsche für so ein großes Bett ist für einen zu groß. Man stelle sich einen einzelnen Mann vor, der so einen

Kingsize-Bettbezug zu falten versucht, man stelle sich vor, wie unbequem das für ihn ist, er ist sich selbst genauso im Wege wie dieser Bezug, man stelle sich vor, wie seine kurzen Arme versuchen, die notwendige Spannweite zu erreichen. Zu zweit indessen, wenn man den Bezug faltet und sich dabei über etwas anderes unterhält, dann wird alles so viel einfacher – und noch spannender durch die intime Strategie, die darin besteht, dass jeder der beiden auf seiner Seite des Bezugs vorausahnt, wie herum der andere ihn nach der Faltung gleich drehen wird, um sich dieser Bewegung anzupassen.

Aber man stelle sich auch vor, wie die Dinge sich entwickeln. Nach einigen gar nicht leichten einsamen Wochen in seiner roten Jacke begegnete Max zufällig jemandem. Wie so oft im Leben sollte er diese Begegnung an seinem Arbeitsplatz erleben, hier im Hotel. Die Empfangsdame. Absolut nicht unförmig, wie sie ihm auf den ersten Blick erschienen war. Im Gegenteil, sie war eine große Blondine mit einem leichten Schlag ins Rötliche, nicht unbedingt so wahnsinnig toll, aber gar nicht übel, immer ziemlich sexy angezogen, mit sooo hohen Absätzen. Er hätte sie durchaus früher bemerken können, aber es stimmt schon, an den ersten Tagen im Hotel Montmorency hatte Max überhaupt nichts bemerkt, nicht einmal, dass es die ganze Zeit über regnete.

An einem Tag nun, an dem der Himmel sich freundlich zu zeigen geruhte, begegnete Max der Empfangsdame unweit des Hotels auf der Straße, mitten in einem milden Sonnenfleck. Sie war in Begleitung eines kleinen Jungen von vier, fünf Jahren, der sich unablässig ängstlich beschwerte, dass ihn da die ganze Zeit etwas Schwarzes verfolge, immer da sei, nicht weggehen wolle. Aber das ist dein Schatten, Liebling, hatte die junge Frau geantwortet, das ist gar nichts. Also nein, es ist nicht nichts, es ist eben dein Schatten. Dieser Satz führte dazu, dass Max, der sich selber eher wie ein Schatten fühlte, sich für diese junge Frau zu interessieren begann. Er würde schrittweise vorgehen. Er hatte Zeit.

Er hatte Zeit, aber dann war es doch schneller gegangen als gedacht. Eines Mittwochs sollte Max sie zu einem Kaffee einladen – einverstanden. Ihr Blumen mitbringen – sehr einverstanden. Sie dann zum Essen einladen, am Sonntag darauf, seinem freien Tag – umso mehr einverstanden, als der Sohn der Empfangsdame an diesem Tag bei seiner Großmutter übernachten sollte. Und da würde er ihr unverhohlene Komplimente machen – höchst einverstanden, und um die Wahrheit zu sagen, hielt Max sich dann gar nicht mehr zurück und erkannte sich selber gar nicht wieder: Sie sind so weiblich, sagte er und malte Rundungen in die Luft, Sie sind die Weiblichkeit in Person. Worauf sie sehr niedlich lachte. Sie war allein erziehende Mutter und hieß Félicienne. Ach, was für ein reizender Name, begeisterte sich Max. Und wie gut er zu Ihnen passt. So dass ihr gemeinsamer Abend schließlich in einem Hotel endete, nicht weit weg und auch nicht sehr verschieden vom Montmorency.

25

Dann ging Max am nächsten Abend nach seinem Dienst zu Félicienne nach Hause, und in den kommenden Nächten schlief er nicht mehr so besonders oft in seinem Zimmer im Hotel. Félicienne bewohnte eine Dreizimmerwohnung, die höchstens ein bisschen größer war als Bernies Wohnung in der Rue Murillo, ein Wohn-, zwei Schlafzimmer, im größeren davon der Kleine, dessen Intelligenzquotienten man noch nicht ermittelt hatte und der je nach Laune mal auf den Namen William hörte und mal nicht, den man aber meist den Kleinen nannte.

In der ersten Zeit verbrachte Max nur die Nächte bei Félicienne, er ging zu ihr, nachdem er die Kasse gemacht und die Jacke gewechselt hatte, aber er floh von dort, sobald er aufgestanden war. Nach dem Kaffee in einer nahen Brasserie ging er ins Hotel duschen und wanderte dann wieder durch Paris, landete manchmal in einem Kino – besser, er sah Filme, als wie tot auf dem Bett zu liegen und der Zeit zuzuschauen, wie sie an der Decke seines ungastlichen Zimmers verstrich.

Aber Félicienne überredete ihn nach und nach dazu, mit ihr zu frühstücken, nach ihr das Bad zu benutzen, den Kleinen zur Tagesmutter zu bringen und sie dann zum Montmorency zu eskortieren – wenn auch nicht bis mitten vor den Eingang des Hotels, warum sollte das ganze Personal davon wissen: Man trennte sich eine Ecke davor.

So ging es nur in der ersten Zeit, denn manchmal gehen die Dinge ja schnell, dann sehr schnell, dann zu schnell: Bald stand Max mit einem Zweitschlüssel da, bekam im selben Schwung eine Abteilung im Kleiderschrank zugewiesen, damit er etwas zum Umziehen mitbringen konnte, was er auszog, landete bald im Schmutzwäschekorb neben der Waschmaschine, und unversehens hatte Max, denn laut Félicienne hatte er ja eigentlich den ganzen Tag lang nichts zu tun, das Bügeleisen in der Hand. Der Verantwortung für dieses Eisen folgten sehr bald Einkaufslisten zur Erledigung, dabei wurden allerlei Putzmittel angeschafft, auf deren Etiketten Félicienne ihm – nachdem sie ihm den Schrank mit Besen und Putztüchern gezeigt hatte – die Verwendungsweise zu lesen beibrachte, bevor er sie einsetzte, damit er beschäftigt war, bis er den Kleinen bei der Tagesmutter abholte. Seither besuchte Max weniger Kinos, sondern verbrachte die freie Zeit zwischen Einkauf und Haushalt vor Féliciennes Videorekorder und nutzte ihr Abo beim Video-Club.

Eine solche Entwicklung mag nicht weiter beneidenswert sein, aber nun ja, sexuell lief es mit Félicienne ganz gut, da war dieses Zusammenleben nicht schlechter als ein anderes. Mangels Alternative war das doch schon mal was. Und so verging die Zeit. Nach Dienstschluss traf Max auf eine schlafende Félicienne, die ihm, wenn sie morgens aufwachte, ein bisschen Liebe gestattete, dann ins Hotel eilte, ihren Beruf ausübte, das Telefon bediente und Max, Pardon, Paul den Haushalt überließ und zurückkam, kurz bevor er seinerseits ins Hotel aufbrach, um sich rot zu kleiden und Verschiedenes zuzubereiten, Spritz, Bronx, Manhattans und andere Flips, das Ganze für eine Kundschaft, die, nebenbei gesagt, immer mehr auf den Hund kam. Mit deutlichen Worten gesagt, statt der gesichtslosen Geschäftsleute aus der Provinz, die ihren Paris-Aufenthalt nutzten, um sich eine Hure zu genehmigen, kam immer häufiger eine Population einheimischer Liebhaber dieser Art von Mädchen, oft waren sie nicht mal Hotelgäste, kurz, es kamen immer mehr Huren, oft waren es dieselben und oft waren sie sympathisch. Max nahm an dieser Veränderung der Population keinen Anstoß, schließlich beachteten sie weniger die Dosierungen und die Qualität der Cocktails, deren fachgerechte Zubereitung ihm nie so ganz leicht von der Hand ging.

Dank ihrer Arbeitszeiten sahen Félicienne und Max einander eigentlich kaum, außer sonntags, und da gingen sie mit dem Kleinen spazieren – dem Kleinen, der erst vor Max gefremdelt hatte, sich dann aber zähmen ließ, bis er sehr vertraut mit ihm wurde, immer vertrauter, bald für Max' Geschmack viel zu vertraut. Sonntags gingen sie auf den Champ-de-Mars, sie gingen in die Halles, in die Parks, sie machten einen Bummel auf den Champs-Élysées. Es ließ Max nie ganz kalt, wenn Félicienne den Parc Monceau vorschlug. Er fürchtete sich nicht mehr vor der Gounod-Statue beim Kiosk, nicht einmal vor dem Chopin-Standbild bei der Kinderecke, wo der Kleine immer fürchterlich rumbettelte, weil er noch eine Runde mit irgendwas drehen wollte.

Dennoch wurde Max es allmählich leid. Seltsamerweise hatte er sich zwar recht schnell an sein neues Äußeres gewöhnt, viel weniger jedoch an den Umstand, dass man ihn jetzt Paul nannte, aber vielleicht würde er sich auch daran noch gewöhnen. So verstrich die Zeit in einer Wartezimmeratmosphäre, als würde er in Zeitschriften blättern, die ebenso gestrig, vertratscht und beleidigt waren wie Félicienne auch. Was wusste er schon groß über Félicienne, es sei denn, dass sie sich in endlosem, bescheuertem Wiedergekäue erging, verbittert schwor sie, in ihrer Jugend habe sie über Traummaße, Sprachentalent und das absolute Gehör verfügt. Doch da sie aus bescheidenen Verhältnissen stammte, hatte sie allzu früh einen Beruf ergreifen müssen und auf diese Weise eine Multikarriere als internationales Topmodel, internationale Dolmetscherin und weltweit auftretende Konzertmusikerin geopfert, denn das Klavierspielen hatte sie auch aufgeben müssen. Max, der den Sonntagsbraten aufschnitt, verbarg hinter seiner Gleichgültigkeit die tiefe Erleichterung, die ihm diese dritte Information verschaffte.

Ja, Gleichgültigkeit, so weit war es schon mit ihnen gekommen. Lange würde das nicht mehr gehen, diese

Geschichte mit Félicienne. Denn die Liebe – nun ja, ich sage Liebe, aber ich weiß nicht, ob das wirklich das passende Wort ist –, die Liebe ist nicht nur flüchtig, sie ist auch löslich. Löslich in Zeit, Geld, Alkohol, im Alltag und noch einer ganzen Menge anderer Sachen. Und sexuell zum Beispiel war es nicht mehr unbedingt so toll, Félicienne war in dieser Hinsicht immer öfter unzugänglich. Derart wenig toll war es, dass Max oft träumerisch eine Schallplatte hörte, die er in einem Ramschladen in der Nähe der Porte Saint-Denis gekauft hatte, *The Best of Doris Day*, und Félicienne erkundigte sich dann feindselig und ätzend, als ahnte sie etwas, wie er bloß seine Zeit mit so einem Scheiß vergeuden konnte. Nein, nein, sagte Max, nur so, nichts weiter. Gefällt mir eben. Auch trug es nicht gerade zur Besserung bei, dass der Kleine immer schwerer zu ertragen war, er erwies sich als in technischen Dingen ausgesprochen frühreif, beanspruchte den Videorekorder für sich ganz allein und hinderte auf diese Weise Max daran, sich wann er wollte eines der beiden Videos anzuschauen – Dean Martin in den größten Rollen seines Lebens, in *Verdammt sind sie alle* und *Rio Bravo* –, die er an demselben Tag in demselben Ramschladen gekauft hatte.

So verstrichen einige immer trübseligere Wochen, bis zu jenem Abend in der Bar, an dem Max gerade, während er zum x-ten Mal die verschiedenen Mittel erwog, diese Geschichte mit Félicienne zu beenden, ohne Sinn und Verstand einen Alexandra zusammenmixte – obwohl dessen Zubereitung denkbar unkompliziert ist:

drei gleiche Teile Cognac, Sahne und Crème de Cacao. Er ferkelte gerade mit der Sahne herum, die nach einem längeren Aufenthalt im Kühlschrank zu fest geworden war, als er von fern einen Mann von recht geringer Körpergröße hereinkommen sah, flankiert von einer riesigen, kaum bekleideten Rothaarigen.

Max kannte diese Rothaarige flüchtig, eine der neuen Stammkundinnen, die er gut leiden mochte, ein nettes Mädchen, das auf Whisky-Fizz abfuhr, einem erfrischenden Getränk, das aus dem Shaker direkt in den Tumbler geseiht wird, eine der einfachsten Übungen. Allzu sehr auf seine Arbeit konzentriert, achtete er nicht weiter auf den neuen Liebhaber, der sie begleitete, sich mit ihr an einen kleinen Tisch hinten in der Bar setzte, dann nach ein paar Sekunden wieder aufstand und jetzt auf Max zuhielt, wahrscheinlich, um ihm zu sagen, was er trinken wollte. Max hatte jedoch momentan anderes zu tun als eine Bestellung aufzunehmen, gerade war ihm sämtliche Sahne in den Shaker gekippt, und er wollte diesem Zwerg schon ohne hinzusehen eine Abfuhr erteilen. Monsieur Max?, sprach der Zwerg.

26

Max schrak zusammen, verschlimmerte die Sahneschmierage noch und hob den Blick auf diesen Zwerg. Bernie.

Monsieur Max, wiederholte Bernie hingerissen. Was machen Sie denn hier? Wenn ich dir das erkläre, sagte Max, wobei er sich einen Sahnespritzer vom Ärmel wischte, dauert es ein bisschen lang, aber wie kommt es, dass du mich erkennst? Bernie schien die Frage nicht so ganz zu begreifen. Wieso, Sie sind's doch, oder?, sagte er. (Wahre Freunde, stellte Max innerlich gerührt fest.) Ich freue mich wirklich, Sie zu sehen, sagte Bernie, ich habe mich öfter gefragt, was aus Ihnen geworden ist. Da er von nichts zu wissen schien, vermied Max es, dieses Thema zu vertiefen. Und du, erkundigte er sich, was machst du so? Ich hatte Ärger mit Parisy, antwortete Bernie, hat er Ihnen nichts davon erzählt? Ich war sauer, verstehen Sie, er war einfach nicht korrekt, ich bin gleich nach Ihrem Konzert in der Salle Gaveau weg, Sie erinnern sich doch? Ich habe ihn seitdem nicht wieder gesehen. Ja, natürlich, wich Max aus, denn er begriff, dass Bernie, der ja nie Zeitung las, offenbar nicht erfahren hatte, was mit ihm passiert war, dass er von seinem Abgang nichts wusste und vom Rest natürlich schon gar nicht. Aber ich habe sofort was anderes gefunden, was viel Besseres, redete Bernie weiter. Ich bin jetzt im Show-Business. Mit Klassik habe ich nichts mehr zu tun, ich organisiere Shows, also nicht direkt. Ich bin Konzertveranstalter, wenn Sie so wollen, es läuft gar nicht übel. Aber wer hätte gedacht, dass ich Sie hier treffe!

Ja, sagte Max, ich habe auch ein bisschen Abstand zu dem gewonnen, was ich vorher gemacht habe, du verstehst, von diesen Kreisen und so, ich musste auch mal ein bisschen da raus. Aha, sagte Bernie zweifelnd, und, gefällt es Ihnen? Nicht so richtig, sagte Max, aber das hier ist nur für den Augenblick, verstehst du, ein Provisorium. Ein Mann von Ihrer Klasse, und dann hier gelandet, nee wirklich, bedauerte Bernie. Ich kenne den Laden ja nicht, aber toll sieht er nicht gerade aus. Ich dachte, ich gehe noch ein Glas trinken mit einer Freundin. Natürlich, sagte Max mit einem gutmütigen Lächeln in Richtung Freundin, was Bernie veranlasste, kurz auf seine Füße zu blicken. Also, sagte er scheu, falls Sie sich verändern wollen, da könnte ich Ihnen vielleicht helfen. Glaubst du? Max tat lässig so, als ob er staunte. Natürlich, sagte Bernie, ich kann ganz sicher was für Sie finden, Sie spielen doch noch Klavier? Na ja, sagen wir mal, das ist ein bisschen kompliziert, sagte Max, aber gut, sag doch erst, was möchtest du? Hier gibt's vor allem Cocktails, was?, fragte Bernie. Leider, gab Max zu. Ja, dann nehme ich mal einen Rainbow, erklärte Bernie. Warten Sie, ich frage meine Freundin, was sie trinken möchte. Lass nur, sagte Max, ich glaube, ich weiß schon.

Als Bernie am nächsten Tag wiederkam, allein, polierte Max gerade Gläser und warf dabei zerstreut Blicke auf die zwei, drei Mädchen, die heute mit ihren Kunden dasaßen. Er war zwar erleichtert, dass ihn endlich jemand wiedererkannt hatte, aber es reute ihn doch ein wenig, Béliards Instruktionen zuwiderzuhandeln. Aber schließlich hatte er es nicht provoziert, Bernie hatte ihn wiedererkannt, Bernie hatte spontan gehandelt, Bernie kam wieder, um ihn zu besuchen. Und Bernie hatte sich umgehört: Einer seiner Bekannten namens Gilbert hatte gerade einen Laden unten bei der Metrostation Alésia aufgemacht. Einen wirklich guten, erläuterte Bernie mit einer Handbewegung zu den Mädchen, nicht so was wie hier. So eine richtig edle Nachtbar, sehr ruhig, wo man noch einen Pianisten braucht, was würden Sie dazu sagen? Das ist ein klein wenig schwierig, sagte Max, aber eigentlich. Ja, würde eigentlich das Personal des Zentrums davon erfahren? Gewiss, es wäre schon wieder eine Arbeit in einer Bar – was, wenn man an Max' Vergangenheit dachte, eine gewisse immanente Gerechtigkeit bezeugte oder eine Neurose des Schicksals –, aber das bot vielleicht auch eine Gelegenheit, mit Félicienne Schluss zu machen. Obwohl er nicht wusste, wie er das genau anstellen sollte, was er seinem früheren Leibwächter detailliert darlegte. Hör mal, Bernie, ich kann nicht mehr, ich kann diese Frau nicht mehr ertragen. Ich weiß überhaupt nicht, wie ich sie loswerden soll. Nichts einfacher als das, Monsieur Max. Ich sage Ihnen, wie wir das anfangen.

27

Und am nächsten Sonntag, nachdem sie mit dem Kleinen spazieren gewesen waren, verkündete Max Félicienne, dass er sie für diesen Abend ins Restaurant einlade, eine gute Gelegenheit, sie mit einem alten Freund bekannt zu machen.

Man traf sich vor einem großen Fischrestaurant an der Place de l'Odéon. Bernie erwartete sie, sehr elegant, sehr aufrecht in einem schicken schwarzen kombinierten Ensemble, absolut kein Vergleich mit den Sachen, die Max von ihm gekannt hatte. Dieser hatte nur den trübsinnigen grauen Anzug anziehen können, den Schmidt ihm dagelassen hatte; eine gestreifte Krawatte, die Félicienne gekauft hatte, scheiterte an dem Versuch, sein Niveau etwas zu heben. Ab dem Moment, wo sie das Lokal betraten, bemühte sich das Personal mit einem Eifer um sie, der dem Restaurant des Zentrums in nichts nachstand. Beeindruckt von der Umgebung und von Bernies Eleganz, achtete Félicienne darauf, dieses nicht zu erkennen zu geben. Als sie sich, bevor sie sich setzten, einen Augenblick zurückzog, nahm Max

Bernie kurz beiseite. Nur eins noch, das hatte ich vergessen, sagte er. Ja, Monsieur Max, sagte Bernie. Achte darauf, dass du mich heute Abend nicht so nennst, ja? Du nennst mich einfach Paul, ich erklär dir ein andermal, warum. Das trifft sich gut, sagte Bernie, so heißt mein Stiefsohn auch, das kann ich mir gut merken.

Man hat vielleicht schon verstanden, dass Max nicht der fröhlichste, entspannteste, redseligste Mann auf Erden ist, aber sobald sie bei Tisch saßen, verwandelte er sich grundlegend. Stets ein zärtliches, einverständiges, verführerisches, gutmütiges, entspanntes, großherziges Lächeln auf den Lippen, ergriff er sogleich das Wort und ließ es nicht mehr los, geschmeidig reihte er allerlei Anekdoten und heitere Schnurren aneinander, Aufmerksamkeiten und Komplimente, lauter Bonmots und Geistreicheleien, feinsinnige Beobachtungen und erlesene Zitate, fantasievolle Erinnerungen und historische Verweise, ohne jemals schwerfällig zu wirken noch allzu sehr brillieren zu wollen. Bernie kringelte sich vor Lachen bei Max' geringster Bemerkung, und Félicienne, geblendet, schaute ihn mit neuer Zärtlichkeit und großen, gerührten Augen an.

Vom Aperitif bis zum Zwischengericht legte Max diese hinreißende Nummer hin. Félicienne und Bernie hingen an seinen Lippen, lächelten und lachten ununterbrochen, sie drehte sich mehrmals zu Bernie hin, um Pauls charmanten Freund als Zeugen ihrer Freude anzurufen, Pauls charmanter Freund legte manchmal diskret eine Hand auf Féliciennes Schulter, um seine Heiterkeit zu unterstreichen. Beide schauten einander bisweilen an, hingerissen wie Zuschauer, die durch den Zufall der Platzwahl nebeneinander zu sitzen gekommen sind und sich spontan, ohne einander zu kennen, gegenseitig in ihrem Entzücken bestätigen. Eine charmante Umgebung, ein hinreißender Abend. Andere Gäste ringsum, sogar das Personal, alle lächelten beeindruckt, ja fast neidisch zu diesem Trio hinüber, das Max in großer Form anführte.

Bis er auf einmal mitten im Satz innehielt, die Gabel über dem Teller ebenso erstarren ließ wie sein Lächeln, wie ein jäh gestoppter Film, und Félicienne und Bernie mit einem eisigen Blick maß. Bestürzte Stille am Tisch. Also nein, wirklich, ihr beiden, sagte er mit veränderter Stimme, denkt ihr etwa, ich bemerke eure Machenschaften nicht? Glaubt ihr, ich sehe nicht, was für ein Spiel ihr da spielt? Glaubt ihr, ich sehe mir das noch länger mit an? Und im Aufstehen zog Max ein Bündel Geldscheine aus der Innentasche, das er auf den Tisch fallen ließ, bevor er für immer verschwand, mit dem bitteren Gesichtsausdruck zutiefst gekränkter Würde.

Und am Vormittag des nächsten Tages traf er Bernie in einem Café beim Châtelet. Na, sagte Max, wie war ich? War ich gut? Großartig, Monsieur Max, sagte Bernie, Sie waren perfekt. Das verdanke ich dir, das weißt du, sagte Max, das war deine Idee, wie hat sie reagiert? Die arme Frau, sagte Bernie, sie wusste nicht mehr, wo vorne noch hinten ist. Sie brauchte wirklich Trost, nicht wahr, ich habe das übernommen. Ich habe sie nach Hause gebracht, und dann, Sie wissen ja, wie so was geht. Sehr gut, sagte Max, gut gemacht. Na ja, also, sagte Bernie, wir treffen uns Donnerstag wieder. Pass aber auf, riet Max, sie ist nicht so ganz einfach im Umgang. Oh, sagte Bernie, ich bin einiges gewöhnt, aber wo können Sie jetzt schlafen?

In das Hotel will ich nicht mehr zurück, teilte Max mit. Kein Problem, sagte Bernie, Sie wohnen einfach bei mir. Aber das geht nicht, erinnerte sich Max, da ist kein Platz. Ich bin umgezogen, sagte Bernie, ich wohne jetzt am Boulevard du Temple, das ist nicht so eine feine Gegend wie die Plaine Monceau, aber ich habe viel mehr Platz, ich kann mir das jetzt leisten, Sie haben ja gestern Abend sicher meinen Anzug gesehen. Apropos, sagte Max, ich muss dir irgendwann das Geld für das Abendessen zurückgeben. Vergessen Sie's, Monsieur Max, sagte Bernie, das machen wir später irgendwann. Gehen wir lieber erst mal zu Gilbert.

Das Lokal, das Gilbert kürzlich eröffnet hatte, war groß, dunkel und still zu dieser Tageszeit, und Gilbert war es auch, zu jeder Tageszeit. Die Einrichtung war elegant, nüchtern und distinguiert, was Gilbert, wie sich herausstellen sollte, ebenfalls war. Sie sind also Pianist, sagte er. Nun ja, dämpfte ihn Max, sagen wir mal, ich war es. Monsieur Max ist ein großer Künstler, bezeugte Bernie mit weit aufgerissenen Augen. Wissen Sie, sagte Gilbert, um die Wahrheit zu sagen, ich brauche jemanden, auf den ich mich verlassen kann, ich habe schon allen möglichen Ärger mit Musikern gehabt, würden Sie uns freundlicherweise etwas vorspielen? Also bitte, Gilbert, protestierte Bernie, das kannst du nicht von ihm verlangen, du vergisst, er ist ein international angesehener Künstler. Gar kein Problem, sagte Max, wie Sie möchten, was würden Sie gern hören? Klassisch oder Piano-Bar-Stil, ganz wie Sie wünschen. Da Gilbert ihm freie Wahl ließ, spielte er also nacheinander *Laura*, *Liza* und *Celia*, gefolgt von ein, zwei Polonaisen. Das kommt mir absolut geeignet vor, urteilte Gilbert, aber in diesem Augenblick wurde die Tür des Lokals heftig aufgerissen, und herein kam, sichtbar zornig: Béliard.

28

Ohne Begrüßung, ohne einen Blick für Gilbert oder Bernie, schritt Béliard entschlossen auf Max zu. Was hatte ich Ihnen gesagt?, schrie er unvermittelt los. Wenn Sie denken, wir überwachen Sie nicht, dann haben Sie sich geirrt. Das ist eine doppelte Übertretung, was Sie hier veranstalten, das ist nicht korrekt, ein doppeltes Vergehen gegen unsere Konventionen. Nicht nur, dass Sie sich wiedererkennen lassen, zischte er. Ich kann nichts dafür, unterbrach Max ihn und deutete auf Bernie, er hat mich wiedererkannt, Ihre Chirurgen haben gepfuscht. Mag ja sein, tönte Béliard, aber Sie fangen wieder mit Ihrem alten Beruf an. Aber ganz und gar nicht, argumentierte Max und deutete auf das Klavier, ich habe den beiden Herren nur einmal gezeigt, was ich so kann. Gut, sagte Béliard und beruhigte sich ein bisschen zu schnell, für diesmal wollen wir's gut sein lassen.

Er hatte sich verändert seit Max' Aufenthalt im Zentrum. Er ließ jetzt nicht mehr dieses hochmütige und abwesende Phlegma heraushängen, das Max seit ihrer ersten Begegnung so verunsichert hatte. Jetzt wirkte er hypernervös, sehr emotional, ebenso rasch erregbar wie schnell zum Aufgeben bereit. Gilbert und Bernie entfernten sich lieber von dem Klavier und zogen sich in ein Nebenzimmer zurück. Gehen wir hier raus, beschloss Béliard und schüttelte den Kopf hinter ihnen her, draußen ist mehr Ruhe zum Reden.

Sie gingen hinaus. Straße. Autoverkehr. Verschiedene Musiken der Autoradios, die aus den heruntergelassenen Autofenstern quollen. Mal nur Rhythmusfetzen, mal schwere Basslinien, von denen es einem kalt den Rücken hinunterlief. Erst marschierten sie wortlos, dann ergriff Béliard wieder das Wort. Ich bin gekommen, um ein bisschen Ordnung zu schaffen, erklärte er gesetzt. Als Erstes tun Sie mir den Gefallen und gehen zurück an Ihre Arbeit in der Bar, ja, in dem Hotel, wo man Sie untergebracht hat. Ganz sicher nicht, sagte Max. In die Bar will ich nicht wieder, erklärte er mit fester Stimme, ich finde, so etwas habe ich nicht verdient. Sie gehen mir so langsam auf den Sack, Delmarc, jetzt schrie Béliard wieder, Ihretwegen kriege ich wahnsinnigen Ärger. Sie sind wirklich kein einfacher Kunde, ist Ihnen das klar?

Mal abgesehen davon, was machen Sie eigentlich hier, fragte Max, ich dachte, Sie arbeiten fest im Zentrum. Die haben mich abkommandiert, sagte Béliard, ich bin zurzeit ein bisschen erschöpft. Und außerdem, ich sagte es schon, will ich mich ein bisschen um Sie kümmern. Ich bleibe ein paar Tage hier, bis ich alles mit Ihnen in den Griff bekommen habe. Und ich habe da noch eine andere, wichtigere Sache zu erledigen. Da ist jemand, der aus dem Park geflohen ist – Sie erinnern sich an den Park? –, den muss ich zurückholen. Das ist schwere Arbeit, wirklich viel Arbeit. Sie sollten sich erst mal ausruhen, sagte Max, in welchem Hotel wohnen Sie? Ich weiß nicht, sagte Béliard am Boden zerstört, ich bin gerade erst angekommen, ich hatte noch keine Zeit, mich darum zu kümmern. Kennen Sie eins?

Max riet ihm vom Montmorency ab und empfahl ihm, im Holiday Inn an der Place de la République ein Zimmer zu nehmen. Das ist nicht übel, machte er geltend, es ist komfortabel und liegt zentral. Außerdem hat mir ein Freund angeboten, dass ich bei ihm am Boulevard du Temple wohnen kann, das ist nur einen Katzensprung von der Place de la République entfernt, dann haben wir es nicht weit zueinander und können uns treffen, wann immer Sie wollen. Vielleicht, sagte Béliard und ließ die Schultern hängen, ich weiß nicht. Ich bin wirklich erschöpft. Ja, vielleicht mache ich das. Ist das weit von hier, die Place de la République? Schon ein bisschen, sagte Max, besser, Sie nehmen ein Taxi. Gut, sagte Béliard, einverstanden. Dann fing er sich wieder und wedelte mit dem Finger: Aber versuchen Sie nicht, mich zu verarschen! Keine Verarschung, sagte Max, machen Sie es sich gemütlich. Sie machen es sich schön gemütlich, Sie ruhen sich schön aus, ich rufe Sie morgen Vormittag an, einverstanden? Einverstanden, sagte Béliard, machen wir. Max winkte ein Taxi herbei, in das der andere ohne weitere Worte einstieg und dem

Max hinterhersah. In Wahrheit wirkte Béliard zutiefst deprimiert.

Das war nichts, sagte Max, als er wieder zu Gilbert hereinkam, nur ein Freund, der eine schwere Zeit hat. Gut, weiter im Text, soll ich Ihnen noch etwas vorspielen? Ich glaube, das ist nicht nötig, sagte Gilbert, ich fand das sehr gut. In Ordnung, sagte Max, also, wann fange ich an? Na, sagen wir mal Montag, schlug Gilbert vor. Ah, ich freue mich, rief zehn Minuten später Bernie in einem anderen Taxi, das sie zum Boulevard du Temple brachte. Monsieur Max, ich bin stolz auf Sie. Ich habe dir zu danken, sagte Max. Außerdem kannst du mich jetzt ganz einfach Max nennen. Oder Paul. Wie du willst.

Bernies neue Wohnung in Haus Nummer 42 war in der Tat geräumiger als die alte in der Rue Murillo, wenn auch sehr viel lauter, denn sie ging direkt auf den Boulevard hinaus. Das Zimmer des Stiefsohns war immer noch unbewohnt – er ist jetzt in der Schweiz, an einer großen Privatschule, erklärte Bernie, er wird aber auch immer intelligenter –, und Max richtete es sich darin ein, ohne seine Sachen aus dem Hotel zu holen. Ein Vorschuss von Gilbert würde es ihm erlauben, sich gleich anderntags neu einzukleiden, nachdem er wie verabredet Béliard abgeholt hatte.

Dieser war schon deutlich weniger gehetzt als am Tag zuvor. Ich habe gut geschlafen, teilte er ihm mit, das hat gut getan. Ich hab das aber auch gebraucht. Ohne dass Max sich noch lange verteidigen musste, machte er wegen des Engagements bei Gilbert keine Geschichten mehr. Ich gebe zu, das mit dem Montmorency war ein bisschen heftig, sagte er, ich denke, machen Sie mal, wie Sie wollen, ich kläre das mit Schmidt. Jetzt will ich es ausnutzen, dass ich schon mal hier bin, und ein bisschen den Touristen spielen, haben Sie für heute Nachmittag schon Pläne? Nur ein paar Einkäufe, sagte Max, etwas zum Anziehen, aber wir können heute miteinander zu Abend essen, wenn Sie möchten. Kommen Sie doch bei Bernie vorbei, er wird sich freuen, Sie kennen zu lernen. Béliard kam also bei Bernie vorbei, man war einander sympathisch, er kam am nächsten Abend wieder vorbei und am übernächsten wieder, so dass er bald allabendlich bei ihnen aß und man sich schließlich an ihn gewöhnte.

Während Max an seiner neuen Nüchternheit festhielt, stellte sich heraus, dass Béliard gelegentlich ganz gern den geistigen Verlockungen nachgab. Eines Abends kam es zum Exzess, er öffnete sich ungewöhnlich stark, erzählte etwas wirr von seinem Leben im Zentrum – das sieht aus wie Spaß, aber die Arbeit da ist wirklich hart. Und Lopez wirkt äußerlich harmlos, aber in Wahrheit ist er furchtbar – und von ein paar Episoden seiner Laufbahn. Während er unter Max' und Bernies besorgten Blicken ein Glas nach dem anderen leerte, berichtete er mit schwerer Zunge von einem Auftrag, bei dem er sich um eine junge Frau hatte kümmern müssen, die in Schwierigkeiten geraten war. Damals fing er gerade im Zentrum an, versuchte er zu erklären, es war seine Volontärszeit, als Volontär war es besonders grässlich, versicherte er und goss sich nach, da zwingen sie einen, klein, hässlich und gemein zu sein, wo ich doch alles Gute und Schöne so liebe, aber egal, da muss man eben durch. Kein Zweifel, er sprach im Delirium.

Mit den Tagen kam Béliard, der mittlerweile wirklich viel trank, manchmal schon vormittags, täglich zum Boulevard du Temple, so oft, dass sie sich irgendwann rund um die Uhr um ihn kümmern mussten. Bernie machte ein weiteres Zimmer für ihn frei, und sie gingen mit ihm spazieren, sie besuchten mit ihm den Louvre oder das Musée d'Orsay, sie fuhren mit ihm in einen Vergnügungspark und ins Schloss Versailles, sie ließen ihm die gute Luft im Parc des Buttes-Chaumont um die Nase wehen. Gegen Max' Arbeit bei Gilbert hatte Béliard nun überhaupt nichts mehr einzuwenden, sondern begleitete ihn jeden zweiten Tag dorthin, saß dann an einem Tisch dicht beim Klavier vor einem stets nachgefüllten Glas und legte unbedingt den größten Wert darauf, hinterher seine Meinung zur Musik kundzutun.

Doch diese hohen Promillewerte sorgten, wie es manchmal der Fall ist, bald dafür, dass er in finstere Depression verfiel. Als Béliard begann, ohne Unterlass über seine Einsamkeit zu klagen, obwohl sie ihn ständig an den Hacken hatten, suchten sie nach neuen Lösungen. Bernie schlug sogar vor, ihn mit Mädchen zusammenzubringen. Keinen komplizierten, erläuterte er ihm, einfache, nette Mädchen, so, wie man sie nach Lust und Laune in der Bar vom Montmorency fand, aber Béliard weigerte sich strikt. Meine Stellung, stammelte er mit Säuferwürde, lässt das nicht zu. Max gab zwar keinen

Kommentar ab, fand aber diese Weigerung, sich mit Sterblichen zu kompromittieren, reichlich snobistisch.

Sie machten also eine schwierige Periode durch, in der Béliard anfing, derart zu jammern, die ganze Zeit, dass sie alles getan hätten, um ihm zu helfen. Sie rieten ihm zu einer Behandlung – aber nein, die Seelenheilkunde, der vertraute er nicht. Max erinnerte sich daran, dass er ähnlich schwierige Zeiten erlebt hatte, und bot an, ihm alle möglichen Antidepressiva zu beschaffen, Sachen mit Lithium, die ihm seinerzeit ein bisschen Erleichterung hatten verschaffen können, aber auch das wies Béliard von sich. Er wies alles von sich, was sie ihm vorschlugen. Sie wussten nicht mehr, was sie mit ihm machen sollten.

29

Und dann, man wusste nicht so genau warum noch wie, besserte die Situation sich allmählich wieder. Nach ein paar Wochen ging es mit Béliard bergauf. Ohne jetzt gleich wieder ins Manische umzukippen, die klassische Alternative zur Depression, ließ Béliards Laune sich ein wenig heiterer an: Man sah ihn wieder lächeln, Gespräche anknüpfen, sogar die Initiative ergreifen. Bald brauchten Max und Bernie sich nicht mehr den Kopf zu zerbrechen, um Zerstreuungen für ihn auszudenken: Er zog jeden Nachmittag allein los, den Veranstaltungsführer in der Hand, und wurde bis zum Aperitif nicht mehr gesehen – und auch in dieser Hinsicht schien er es moderater angehen zu lassen.

Er, der seit seiner Ankunft bei Bernie nie einen Finger gerührt hatte, um etwas zum Haushalt beizusteuern, kam jetzt abends möglicherweise an und brachte aus eigenem Antrieb etwas zum Essen mit. Wirklich, Béliard war auf dem Wege der Besserung, er machte sein Bett, nachdem er aufgestanden war, half beim Abwasch und im Haushalt, spülte die Badewanne aus, bevor er aus dem Bad kam. Gern begleitete er Max in den Supermarkt, schreckte nicht einmal davor zurück, eine Glühbirne auszuwechseln oder das Leergut zum Altglascontainer an der Ecke der Rue Amelot zu schaffen, worum ihn niemand zu bitten gewagt hätte. Der ideale Gast: Liebenswürdig, kooperativ und so diskret, dass Max, der spät von seiner Arbeit bei Gilbert nach Hause kam und folglich auch spät aufstand, ihm den ganzen Tag lang nicht begegnete.

An einem der Tage, als Béliard auf diese Weise verschwunden war – zur Sainte Chapelle, ins Grand Rex oder zur Salle Drouot –, wollte Max den freien Nachmittag nutzen, um das Kaufhaus Printemps zum banalen Zweck einer Unterwäscheerneuerung aufzusuchen. Das war schnell erledigt, und er bummelte ein wenig in verschiedenen Etagen des Hauses herum, ohne Kaufwunsch, ohne anderes Ziel, als hier und da vor irgendwelchen Sachen stehen zu bleiben, die er absolut nicht brauchte, einer Multifunktions-Duschkabine, einem Fernsehapparat im Format 16:9 oder zum Beispiel einer ganzen Sammlung von Messern: Gemüse-, Tomaten-, Brot-, Schinken-, Lachs-, Ausbein-, Aufschnitt- und Spickmessern. Während er das tat, lauschte er abwesend den durch den Raum hallenden Ansagen, in denen von einer Woche der Gardine die Rede war, von Rabatten auf elektrische Haushaltsgeräte, von 20% Nachlass auf Jalousien oder auch von Madame Rose Mercœur, die am Service-Point im Erdgeschoss erwartet wurde.

Freilich ist das kein unbedingt seltener Vorname, aber warum eigentlich nicht. Und das war damals auch nicht Roses Nachname gewesen, aber heiraten darf schließlich jeder. Kurz, es war noch viel unwahrscheinlicher als in Passy oder Bel-Air, aber, mein Gott, er hatte Zeit, also warum nicht mal gucken gehen. Allerdings kann man schon sehen, dass diese Situation ihn ein bisschen nervös macht, dass er langsam zur Rolltreppe geht, ohne sich irgendeine Eile anmerken zu lassen, ebenso lässig, aber mit klopfendem Herzen, als fürchtete er, nach begangenem Ladendiebstahl beobachtet zu werden – jetzt sich bloß nicht unter den Videokameras durch eine verdächtige Bewegung verraten. Auf der Rolltreppe trug Max weiter diese gelassene Langsamkeit zur Schau, dann, im Erdgeschoss angelangt, suchte er den Service-Point doch schon etwas fieberhafter, und als er ihn gefunden hatte, stell dir vor, da war sie's, diesmal war es absolut sie.

Es fiel sofort ins Auge, dass Rose, die sich in diesen fast dreißig Jahren gar nicht so sehr verändert hatte, die sich, sagen wir mal, normal verändert hatte, ihre Nase hatte richten lassen, worüber Max eine Wolke von Unwillen empfand. Man erinnert sich, dass diese Nase seinerzeit vielleicht nicht das Schönste an ihr war, aber gerade deshalb, gerade deshalb. Sie war eine Spur zu stark gekrümmt, aber so wunderbar von einem perfekten Gesicht gerahmt, dass sie ihn damals umso stärker berührt hatte. Gut, jetzt war sie also fast genauso schön wie der Rest, das war etwas bedauerlich, aber wer wird jetzt lange herummäkeln. Das war jedenfalls ein gelungenes Werk der plastischen Chirurgie, durchaus der Künstler des Zentrums würdig. In puncto Kleidung trug Rose am Service-Point nichts von dem, was er am Tage der Verfolgungsjagd in der Metro an ihr gesehen hatte. Sondern etwas ganz Klassisches, Twinset in kamelhaarfarbenem Kaschmir und gesprenkelten Tweedrock – nicht ohne innere Anteilnahme bemerkte Max, dass das Etikett des Twinsets entwischt war und in ihrem Nacken aus dem Pulloverkragen herausstand.

Sie war allein. Sie sah aus, als würde sie warten. Max erkannte sie also sofort und wollte hingehen, aber sie würde ihn ganz sicher nicht erkennen – kein Wunder nach all der Zeit, außerdem nach der Behandlung im Zentrum. Sie würde ihn also nicht identifizieren, aber nun, der Versuch, sie nach so langer Zeit unter neuem Namen und in neuer Erscheinung zu erobern, würde auch ganz schön aufregend werden. Fast hätte er sie spontan angesprochen, dann hielt etwas Max zurück, die lächerliche Unterhosensammlung in Plastikumhüllung machte ihn nicht weniger befangen als wieder einmal das Risiko, man könnte ihn für wer weiß was für einen halten – obgleich dieses Risiko diesmal weniger berechtigt schien als bei der Frau mit dem Hund. Trotzdem wartete er noch ein bisschen, bis sein Herzschlag sich beruhigte und er sich so weit gewappnet hatte, dass er hinzugehen wagte.

Und genau da tauchte hinten im Kaufhaus jemand auf und durchquerte dann die gesamte Parfümabteilung: Béliard, der auf Rose zuging und sie ansprach, frontal und ohne Umschweife, als würde er sie schon ewig kennen. Zwischen Chanel und Shiseido waren sie alsbald in ein lebhaftes Gespräch vertieft, schwerelos und lächelnd, an dessen Beginn Max gleich verstört mit ansehen musste, wie Béliard mit einer kleinen Bewegung Rose das Etikett wieder in den Kragen steckte, vertraut und zuvorkommend. Wonach er auf irgendetwas beharren zu wollen schien, eloquent und mit Hilfe von Gesten argumentierte, immer denselben Gesten und daher wohl immer demselben Beharren. Je länger dieses Gespräch anhielt, desto mehr Zeichen des Einverständnisses legte Rose ihrerseits an den Tag, was wiederum bei Béliard ein immer offeneres Lächeln bewirkte.

Max konnte sich nicht mehr halten, er ging los, auf die beiden zu, wie ein Phantom, aber vergessen wir nicht, er ist auch nur ein Phantom, und blieb wenige Meter vor ihnen stehen. Als Béliard ihn in diesem Moment bemerkte, winkte er ihn heran, immer noch mit großem, offenem Lächeln, kommen Sie nur, dann kann ich Sie vorstellen. Paul, sagte er, ein Freund. Rose, eine alte Freundin, die ich seit langem aus den Augen verloren hatte, Béliard lächelte immer breiter, ich hatte schon fast die Hoffnung aufgegeben, sie wiederzufinden. Max verbeugte sich linkisch vor Rose, die nur nickte, ohne, wie erwartet, das kleinste Zeichen des Wiedererkennens. Wir wollten gerade gehen, wissen Sie, teilte Béliard ihm mit, wir haben noch eine kleine Besorgung zu machen. Warten Sie einen Augenblick, sagte Max. Entschuldigen Sie, aber ich glaube, ich bin es wohl eher, der diese Dame unbedingt wiederfinden wollte. Ja, sagte Béliard kalt lächelnd, ich weiß. Ich weiß das sehr gut, aber ich gehe mit ihr weg, nicht Sie. Genau das, sehen Sie, ist der Stadtbereich. Darin besteht er. Das ist das, was Sie hier die Hölle nennen, sozusagen. Also, wir sind einverstanden?, sagte er, wieder an Rose gewandt. Ich bringe Sie wieder in den Park? Mein lieber Paul, bis später dann.

Niedergeschmettert bleibt Max erst reglos vor dem Service-Point stehen und sieht zu, wie Rose und Béliard auf die Glastüren zugehen, sie aufstoßen und sein Gesichtsfeld verlassen, bevor er sich, automatisch, ebenfalls in Bewegung setzt. Draußen, vor dem Kaufhaus, sieht er sie noch über den Boulevard Haussmann davongehen, Richtung Westen, doch er bleibt hier stehen, folgt ihnen nur noch mit dem Blick, ohne die Absicht, sie einzuholen. An der Kreuzung mit der Chaussée d'Antin dreht Béliard sich um, winkt ihm kurz zu, und Max, tödlicher getroffen denn je, sieht sie weitergehen, in der Flucht des Boulevards kleiner werden, bis sie nach rechts abbiegen und in der Rue de Rome verschwinden.

Jean Echenoz

ICH GEHE JETZT

Roman

Aus dem Französischen von Hinrich Schmidt-Henkel

Echenoz ist ein Meister der geschliffenen Oberfläche. Ein Mann sucht seinen Lebensüberdruss in Affären und Ablenkungen einzufrieren. Jedoch erst eine letztlich missglückende Schatzsuche am Nordpol bringt sein Leben in Bewegung: Der Reiz des Abenteuerromans, die Spannung des Krimis, das Auf und Ab der Liebesgeschichten – all das verbindet Echenoz mit poetischer Sprachkunst und diskreter Menschenkenntnis zu einem mitreißenden Ganzen.

»Bewundernswert ist diese zur Perfektion gebrachte Leichtigkeit des Erzählens in Sujet und Methode …«

Neue Zürcher Zeitung

»Der Roman besticht durch viele feine Beobachtungen und einen unaufgeregten, ausgeklügelten Stil. Schwierige Gemütslagen und absurde Situationen beschreibt der lebenskluge, urbane Autor souverän und amüsant. Er erzählt schnoddrig und abgeklärt, lässt sich auf große Gefühle und Pathos nicht ein.«

Wiener Zeitung

BERLIN VERLAG

Jean Echenoz

DIE GROSSEN BLONDINEN

Roman

Aus dem Französischen von Hinrich Schmidt-Henkel

Eine gefährliche Blondine, ein dämonischer Schutzengel, ein Filmproduzent und Privatdetektive – in der Fernsehwelt verankert, unterläuft dieser Roman zugleich alle Muster des Abenteuerromans.

»Die Blondine als Fleisch gewordenes Paradox der Einheit von Oberfläche und Geheimnis ist genau der richtige Gegenstand für ein Schreiben, wie es Echenoz so könnerhaft-leichtfüßig pflegt ... Hier gibt es tausend vielversprechende Motive, die den Philologen im Leser herausfordern – aber es ist alles eitel, alles ein Spiel, freilich ein hochgradig vergnügliches. Nichts ist hier notwendig, aber alles so kraftvoll, so souverän inszeniert und charmant, dass man auf kein loses Ende verzichten möchte.«

Süddeutsche Zeitung

»Unbeschreiblich ist Echenoz' Kunst, viel auszudrücken, ohne etwas zu sagen. Was kleinere Geister nicht zu Ende zu führen wagen, vergrößert er noch. Das ist amüsant und intelligent, nicht entweder U oder E, sondern sowohl als auch. Ein tolles Buch!«

Mannheimer Morgen